病める時も、健やかなる時も、
私、雪音《メスブタ》は、
ご主人様に
ご奉仕を誓いますぅぅぅ
神宮寺雪音《じんぐうじゆきね》
ドMな三姉妹の長女。学校では、多くの生徒から慕われる生徒会長。得意科目は「保健体育」
ちょっぴりえっちな
三姉妹でも、お嫁さんにしてくれますか？
3
choppiri H na Sanshimai demo
Oyomesan ni
JN054725

「じゃあ、はい。あーんして?」

「っ……！」
神宮寺《じんぐうじ》月乃《つきの》
発情癖に悩む三姉妹の次女。学校ではオシャレ番長として女子と男子の人気を集める。得意科目はもちろん「保健体育」
「お化け屋敷です！花鈴、楽しみにしてたんですよね〜！」
神宮寺《じんぐうじ》花鈴《かりん》
露出魔な三姉妹の末っ子。学校では小悪魔な後輩キャラとして、先輩生徒から大人気。得意科目はやっぱり「保健体育」

「天真のおしべ、
貸してくれないかな……」

「花鈴、美味しそうに見えますか？」
I LOVE YOU♡
TENMA

「雪音会長……って、え……？」
布《ふ》施《せ》円《まどか》
生徒会メンバーの２年生で厳格な少女。会長の雪音をこの上なく尊敬している。得意科目は「道徳・倫理」
（……なんかもう、目から汗が出てきた）
一《いち》条《じょう》天《てん》真《ま》
三姉妹の仮夫として同居する高校生。彼女達の性癖がバレないように優秀な頭脳を活かして奔走する。得意科目は「この世に存在する学問全て」

人知れず生徒会室にて――
「あんっ……お散歩楽しすぎる……」

ご主人様、目次だよ♪

choppiri H na … unshimaidemo
Oyom … san ni
shitekur … masuka?
3

ちょっぴりえっちな三姉妹でも、お嫁さんにしてくれますか？3

浅岡 旭

ファンタジア文庫

2924

口絵・本文イラスト　アルデヒド

ちょっぴりえっちな
choppiri H na Sanshimai demo Oyomesan ni shitekuremasuka?
三姉妹でも、お嫁さんにしてくれますか？
3

プロローグ

ピピピピッ。ピピピピッ。

「……あぁ。三十八度五分……」

軽《かろ》やかな電子音を合図に体温計を腋《わき》の下から外すと、結果は中々の高数値。ベッドに横たわった状態で、俺は大きくため息をついた。

三姉妹《しまい》たちとの新婚《しんこん》旅行から戻《もど》った二日後。

愛佳《あいか》さんが視察をやめてこの家から出ていった直後に、俺は風邪《かぜ》を引いてしまった。原因はおそらく、花鈴《かりん》を説得する際に全裸《ぜんら》で雨を浴びたからだろう。

「我ながら、馬鹿《ばか》なことをしたなぁ……」

今、冷静に思い返してみると、なんだか頭が痛くなる。『雨降る山の中、女の子の前で全裸になる』って、文字にしたらかなりクレイジーじゃねえか。まあ、あの時は花鈴を助けるためになりふり構ってなかったし……。

にしても、さすがに全裸はやり過ぎだった。だって俺、今スゲー死にそうだもの。

体がふわふわ、ポーっとする。別に動けないわけではないが、なんだか体に力が入らず、若干《じゃっかん》ダルい感じがする。あとは……結構喉《のど》が痛い。

熱が出てからこれで三日目。なかなか症状《しょうじょう》は良くならず、もうすぐ連休も終わってしまう。この休みは集中的に勉強したり、三姉妹たちの例の『性癖克服《せいへきこくふく》』のために手を打ったりする予定だったが、新婚旅行に行った以外は結局何もできそうにねぇ……。

と、その時。コンコンと静かなノック音。直後、一人の少女が入ってきた。小柄《こがら》な愛くるしい顔立ちの少女。

「せんぱーい……。起きてますかー……？」

「おお……花鈴……」

やって来たのは、神宮寺《じんぐうじ》三姉妹、三女の花鈴だ。

掠《かす》れた声で名前を呼ぶと、彼女は心配そうな顔をして俺のもとへ近づいてきた。

「天真先輩《てんませんぱい》、具合どうですか……？　お熱、下がってないみたいですけど……」

「まぁな……。風邪なんて久しぶりに引いたけど、やっぱり結構辛《つら》いもんだな……」

言うと、花鈴の表情がしゅんとなる。

「ゴメンなさい、天真先輩……。花鈴があの時、勝手なことをしたせいで」

花鈴はどうやら、自分のせいで俺が風邪を引いたと思い込んでいるらしかった。この三日間、ずっとこうして落ち込んでいる。

「………………」

俺は思わず上半身をベッドから起こして、花鈴の頭をわしゃわしゃと撫《な》でた。

「キャッ⁉　先輩……？」

「あのな。言っとくが、あれは俺が勝手にやったことだ。お前が気に病《や》む必要はない」

実際、あんなの完全に俺の暴走だ。自業《じごう》自得以外の何物でもない。

「だから、そんな顔すんなって。──ふぉ……？」

「せ、先輩！　大丈夫《だいじょうぶ》ですか⁉」

力が抜《ぬ》けて、またベッドに倒《たお》れる。おいおい、マジか。この程度でもしんどいのかよ。

ってか俺、何をやってんだ？　いきなり花鈴の頭撫でるとか……。やっぱり、熱のせいで少しおかしくなってるみたいだ。普段《ふだん》だったら、こんなことはまずしないだろうし。

「もう！　無理しちゃだめですよ！　冷えピタ張るんで、横になっていてください！」

「わ、悪いな……。いろいろ迷惑《めいわく》かけて」

「遠慮《えんりょ》なんてしないでください。花鈴はそのために来たんですから」

そうやって、嫌《いや》な顔一つせず看病に勤《いそ》しんでくれる花鈴。普段は色々面倒《めんどう》に巻き込まれたりもするけど、こうしてみると優《やさ》しい普通《ふつう》の後輩だ。

花鈴が冷えピタを取り出して、丁寧《でいねい》な手つきで俺の額に貼《は》ってくれる。ひんやりとした冷たさが火照《ほて》ったおでこに心地《ここち》好い。

しかし冷えピタなんて久しぶりだな。小さい時、こうして親に貼ってもらったっけ。

でも、まてよ……？　なんだか微妙《びみょう》に記憶《きおく》の中の冷えピタと違《ちが》うような気が……。独特のスースーする感じがないし、すぐに温かくなってしまう……。

「なあ、花鈴……。この冷えピタ、普通のと違うヤツなのか？」

「あ、すみません先輩。これ冷えピタじゃないです。冷やした花鈴のパンツです」

「なんてもんをのせてんだお前は！」

俺は反射でパンツをはがし、思いきり床《ゆか》に叩《たた》きつけた。

「いや、冷えピタがなかったので。代わりになるものを考えた結果、パンツならギリいけそうかな、と。冷えピタがなければ、パンツを冷やせばいいじゃない、的な」

「よくないよ!?　全然代わりにならないよ!?」

「パンがなければ、パンツを食べればいいじゃない、的な」

「語感が似てるだけじゃねーか！」

「冷やしパンツ、始めました的な」

「冷やし中華《ちゅうか》みたいに言ってんじゃねーよ！」

いや、あり得ないだろ。おかしいだろコイツ。

冷えピタの代わりにパンツ冷やすとか、普通は絶対考えないだろ。だってタオル冷やせばいいだけじゃん。なんでわざわざパンツなんだよ。

さすがは露出狂《ろしゅつきょう》と言うべきか。パンツ脱《ぬ》ぎたい系女子のこいつは、そういう特殊《とくしゅ》な思考回路でこの世界を見ていやがるらしい。

「とにかく、冷やしパンツは却下《きゃっか》だ。持って帰ってくれ。……ゲホッ……ゴホッ……」

「あ、すみません先輩！　花鈴が騒《さわ》がせちゃったせいで……」

これに関しては、正直反省してほしいよね。

「お詫《わ》びに、頑張《がんば》って元気づけますね！」

と、花鈴が俺のベッドに乗ってきた。……ん？　なにをする気だ？　こいつ……。

「じゃあ、しっかり見ててくださいね？　えいっ」

花鈴がスカートをたくし上げ、中に穿《は》いたパンツを見せてきた。

「ブッ⁉」

「元気になーれ、元気になーれ♪」

花鈴の股間《こかん》を覆《おお》い隠《かく》す、黒色のパンツが現れる。そのパンツは全体的に生地《きじ》が異様に薄《うす》くなっており、彼女の肌《はだ》が透《す》けて見えていた。要するに、シースルーのパンツ。

いやコイツ、なんつーパンツ穿いてんだよ!? これ、完全にエロ目的の下着だろ!

「はぁぁん……。いま花鈴、どえっちな下着穿いてるんですよ……? こんな変態な下着を穿いて、性的に興奮してるんですよ……? 花鈴、とっても恥《は》ずかしい子です♪」

分かっているなら、なぜやめない? ってか、どうして俺に見せてくる……!?

「えっちなのを見ると、男性は元気になるはずですよ? さあ、元気になりましたか?」

「なるかー! もっと熱が上がるわ!」

俺はすぐ花鈴をベッドから下ろし、そのまま部屋から追放した。

※

「うぅ……。叫《さけ》んだら余計にだるい……」

花鈴を部屋から追い返した後、俺はさらにぐったりとしていた。

花鈴のヤツ、気遣《きづか》ってくれるのは嬉《うれ》しいが、方向性が全速力で間違ってやがるな……。

と、ぼんやりした頭で考えていると、再びノックの音が聞こえた。

「天真、起きてる? 入るわよ」

声の後に扉《とびら》が開く。目に映《は》える金髪《きんぱつ》を揺《ゆ》らしながら、ギャル系の少女が現れた。

「月乃《つきの》……っ⁉」

花鈴の次は、二女の月乃が救急箱を下げてやって来た。

彼女の姿を見て、俺は思わず身構える。なにせ、花鈴にあんなことをされたばかりだ。

月乃も『発情』してるんじゃないかと、警戒《けいかい》するのも当然だ。

しかし、そんな様子ではなさそうだった。

「調子はどうなの？　……へぇ。まだ熱、結構高そうじゃん」

「あ、ああ……。なかなか下がらない……」

「フン。いつも勉強ばっかかしてるからそんな風になんのよ。バッカじゃないの？」

その口調にはやや棘《とげ》があり、視線もどこか冷たい感じだ。発情している様子はない。

よかった。普段のツンとした月乃だ。いや、普段よりツン成分が若干多い気もするが。

「ってか、アンタ……。昨日より辛そうじゃない？　さっさと病院行ってくれば？」

俺の顔を覗《のぞ》き見る月乃。キツめな態度だが、一応心配してくれてるみたいだ。

「大丈夫だ……。ちょっと休めば良くなるから……」

正直今は動きたくない。花鈴のせいで余計な体力使ったし。

「あっそ。まあ、一応薬は持ってきたから。ちゃんと感謝しなさいよ」

「悪いな月乃……。助かるよ」

素っ気ない感じで言いながらも、月乃は救急箱を開いて風邪薬《かぜぐすり》を探してくれる。コイツにはいつも辛辣《しんらつ》な態度を取られるが、いざと言うときは頼《たよ》りになる。

「あ……。やばっ」

ふと、月乃が小さく声を上げる。

「なんだ？　どうかしたのか、月乃」

「薬……前の分で終わっちゃったみたい……」

昨日まで飲んでいた薬の空箱を、俺に向けて見せる月乃。

ま、マジか……。この状況《じょうきょう》で薬なしは辛いぞ……。体のだるさが重くなってきたし、関節の痛みも気になっている。咳《せき》をする度《たび》に喉も痛むから、早く症状を抑《おさ》えたい。

「うわ、どうしよ……？　買いに行くにしても、薬局はまだやってないし……」

「他の薬は入ってないのか？　予備で買っておいたやつとか……」

この際、いつもの薬じゃなくてもいい。咳を抑えるトローチとかでも……。

「待って。ちょっと探してみる。——あっ、あった。予備の風邪薬」

おお……。良かった……。これで少しは楽になるはずだ。

「——あれ？　この薬って……」

再び、月乃が不穏《ふおん》な声を出す。

「どうした？　まさか、使用期限が過ぎてたとか……」

「い、いや……。そうじゃないんだけど……」

月乃は数秒ほど躊躇《ためら》ったのち、言いにくそうに事実を告げる。

「これ……。飲み薬じゃなくて、座薬みたい……」

「座薬っ⁉」

座薬ってあの、尻《しり》に入れる薬か……？　逆に何でそんなのがあるんだ⁉

「なんでだろ？　薬はいつも雪姉《ゆきねえ》が買ってくるんだけど、種類間違えちゃったのかな？」

アイツか！　アイツの仕業だったか！

まさか雪音《ゆきね》さん、ＳＭプレイ感覚で座薬買ったんじゃないだろうな⁉　異物挿入《そうにゅう》プレイ的な感じで……。あの人だったらあり得るぞ！

「あ～……どうする？　これ使う……？」

「いや……座薬は、ちょっとなぁ……」

正直、かなり抵抗《ていこう》がある。普段は出口専門の穴に異物を挿入するなんて……。

「やっぱ、あんま使いたくないな……。どっちにしろ、自分でやるのはキツそうだし……」

だるさや関節の痛みのせいで、あまり体は動かせない。これじゃ座薬は入れられない。

「でも、使わないと体調キツいんでしょ……？」

「薬局が開く時間まで耐《た》えるよ。悪いけど、後で薬を買ってごほっ、ごほっ……！」

「ちょっ、天真！　無理して喋《しゃべ》っちゃダメだって！」

怒《おこ》りながらも、月乃が俺を気遣ってくれる。

うぅ……。薬局が開くのは十時頃《ごろ》だから、あと二時間以上はこのままか。しんどい。

「…………」

そんな俺の顔を、月乃がじっと見つめてくる。な、なんだ……？　どうかしたのか？

ふと、月乃が「はぁ……」とため息を漏《も》らす。

彼女は俺から目を逸《そ》らし、代わりに座薬の箱を手にする。そして薬を取り出した。

「え……？　え？　月乃……さん……？」

「やっぱ、この薬使った方がいい。薬局開くの待ってたら、もっと悪化するかもしれない
じゃん。そうなったらさすがに寝覚《ねざ》めが悪いし……」

「いや、でも座薬は無理だって。俺、今ほとんど動けないんだぞ……？」

むしろ座薬を入れようと苦戦してる間に、さらに体調が悪化しそうだ。

「だ、だったら……。アタシがやってあげるから！」

「――は？」

この子は、何を言い出すんだ？　男の尻に座薬を入れると申したか？

「だからっ！　アンタが動けないっていうなら、アタシがやるって言ってんの！」

「いやいやいやいや！　それはダメだろ！　常識的に考えて！」

「アタシだって嫌よ！　でもしょうがないじゃん！　これは医療行為《いりょうこうい》なんだから！」

「確かにそれはそうだけども！」

月乃の意見は正論だし、心配してくれるのはありがたいんだが、それでも俺は従えない。

同級生の女子に尻を向けるなんて、羞恥《しゅうち》プレイにもほどがある！

それに何より、月乃がそんなことをしたら……っ！

「いいから、ズボンとパンツを脱ぎなさい！　それでお尻をこっちに向けて！」

「待て待て！　ダメだ！　ダメだって！　頼《たの》むから一度考え直せ！」

「うるさいうるさいっ！　さっさとお尻を見せなさい！」

俺の布団《ふとん》を強引《ごういん》に剝《は》ぎ、そのままズボンに手をやる月乃。俺もズボンを摑《つか》もうとするが、熱のせいか反応が遅《おく》れた。あっという間に脱がされてパンツ一丁にされてしまう。

「うわあっ⁉」

イカン、こいつ本気で脱がす気だ！　俺は必死に最後の砦《とりで》のパンツを摑んで抵抗する。

「早く、早く脱ぎなさいよっ！」

「いや、無理だって！　これだけは絶対無理だって！」

「あーもうっ！　意地でも脱がないっていうなら――アタシが先に脱いであげるね？」

急に、月乃の口調が変わった。厳しく尖《とが》った口調から、甘く蕩《とろ》けるような口調に。

あ……。これは、いつものですね。

発情しちゃう系女子の月乃が、俺のパンツで興奮しおった。

「一緒《いっしょ》に脱げば恥ずかしくないよ？　だから、アタシがお手本見せてあげる」

月乃が自分の服に手をかけ、シャツを躊躇なく脱ぎ捨《す》てる。間髪《かんはつ》容れずにプリーツスカートも床《ゆか》へと下ろし、ピンク色の可愛《かわい》らしいブラとパンツを俺の前に晒《さら》す。

「や、やめろ！　よせ！　ちょっと落ち着けぇ！」

「ちゃんと見てなきゃダメだよ、天真……。ここからが本番なんだから」

続いてブラのホックを外し、美乳をプルンッと曝《さら》け出す月乃。

俺は慌《あわ》てて顔を逸らす。しかし彼女は止まらず、パンツを下ろす音が聞こえた。

あのバカ、ホントに全裸《ぜんら》になりやがった！

「天真ぁ……アタシはちゃんと脱いだよ？　だから、天真もパンツ脱いで？」

「しねえよ！　そしてお前は服を着直せ！」

「ダメ……。だってアタシ、なんだか体が熱いんだもん……」

言いながら、月乃がまるで押し倒《たお》すように、ベッドに横たわる俺へ乗る。

「はぁはぁ……！　体が熱いよぉ……。アタシも熱っぽくなってきちゃったぁ……！」

それは風邪じゃねえ！　頭の病気だ！

「ねぇ、天真……。アタシの中にも、座薬入れて？　天真の太い座薬、入れて……？」

「意味深な感じで言ってんじゃねぇ――――！」

この状況はかなりマズイ！　このまま月乃に襲《おそ》われたら一線を越《こ》える可能性もある！

力ずくでも月乃を俺から離《はな》さないと。俺は力を振《ふ》り絞《しぼ》り、上半身を起こそうとする。

だがその瞬間《しゅんかん》、なんだかフワッと宙に浮《う》く感覚。

「あれ……っ？」

「え……？　天真、どうしたの……？　天真っ⁉」

倒れる俺と、正気に戻《もど》った月乃の声。

直後、俺の意識は強制的に暗闇《くらやみ》の中に投げ出された。

※

「ん……うぅ……」

意識がぼんやりと覚醒《かくせい》し、重い瞼《まぶた》をゆっくり開く。視界に入るのは部屋の天井《てんじょう》だ。

確か俺は、月乃に襲われる直前に倒れたんだっけ。騒《さわ》ぎすぎて熱が上がったのか……。

まったく……花鈴といい月乃といい、この姉妹《しまい》は病人を疲《つか》れさせるプロかよ。いや、二人とも別に悪気とかなくて、心配してくれてるのは分かるが……。

「あ、天真君。やっと起きてくれた～」

不意に聞こえた、優《やさ》しい声。俺は驚《おどろ》いて振り向いた。

すると俺が寝ているベッドの隣《となり》に、長女の雪音さんがいた。

「おはよう、天真君。大丈夫《だいじょうぶ》？　やっぱりまだ具合は悪い？」

「具合、ですか……？」

言われて、自分の体に意識を集中。……うん。寝たおかげで多少は回復している。

「大丈夫です。まだだるいですけど、さっきよりは……」

「よかった～。月乃ちゃんから倒れたって聞いて心配したよ？　中々起きてくれないし」

俺が倒れて、月乃も正気に戻ったのか。それで雪音さんを呼んでくれたのだろう。

「もう少しで救急車呼んじゃうところだったよ。でも、これで一安心だね？」

「す、すみません。ご心配をおかけして……」

「ふふっ。謝らなくてもいいんだよ？　あ、そうだ。もうお昼だからおかゆ作ってきたんだけど、今から食べられそうかなぁ？　天真君、朝は食べてないでしょ？」

そういえば、少しだけお腹《なか》が減ってきている。俺は食事をするために体を起こした。

「それじゃあ……ありがたく頂きます」

「うんっ。ちょっと待っててね？」

雪音さんが自分の隣に置いた小鍋《こなべ》から、レンゲでおかゆを一口分掬《すく》う。彼女はふーっと息を吹《ふ》きかけて冷ました後、ソレを俺の口元へ運んだ。

「はい、天真君。あーんして？」

「いや、あの……。俺、自分で食べられますけど……」

「いいからいいから。病人は甘えるものなんだよ？」

そう言い、笑顔《えがお》を向ける雪音さん。どうやら食べさせる気満々のようだ。

この人、まさか……。また例のご奉仕《ほうし》プレイのつもりなのか？

奴隷《どれい》になりたい系女子の彼女は、定期的に頭がおかしくなっては俺にご奉仕をしようとする。もしかしたら看病も、それの一環《いっかん》かもしれない。であれば是非《ぜひ》とも遠慮《えんりょ》したい。

とはいえ、雪音さんの慈愛《じあい》に満ちた笑み……。もし単純に俺を気遣《きづか》ってくれているなら、無下にするのも申し訳ないな……。今は断る気力もないし……。

「分かりました……。では、お願いします」

「うんっ。じゃあ、はい。あーんして？」

ありがたく厚意《こうい》を受け取ることにし、彼女の言う通り口を開ける。

雪音さんはそーっとレンゲを運び、温かいおかゆを食べさせてくれた。

「天真君、味はどう？　食べれそう？」

「あ、はい……。すごくおいしいです」

あっさりした鶏《とり》スープの味が、弱った舌に染《し》みていく。仄《ほの》かに感じるショウガの風味は、俺が体を冷やさないように入れてくれたものだろう。その気遣いがとても嬉《うれ》しい。

この食べ方は恥《は》ずかしいが、味は素晴《すば》らしいものだった。

「よかった～。それじゃあ、次行くよー」

雪音さんがまたおかゆを掬い、口元に運んできてくれる。それを何度か繰《く》り返《かえ》すうちに、少しずつ体が温まっていった。

「結構汗《あせ》が出てきてるねー。食事の後に体拭《ふ》いてあげる。タオルも用意してあるから」

「い、いや！　そこまでやってもらわなくても！」

「遠慮しないの。無理して悪化したら大変だから」

いつも以上に優しい声で言う雪音さん。

「それが終わったら、お薬飲んでちゃんと寝てね？　さっき薬局で買ってきたから」

「あ、ありがとうございます……」

なにからなにまで、抜《ぬ》かりない看病。こういう時、雪音さんが長女であることを実感する。二人には悪いが、月乃や花鈴と比べると、やはり断然しっかりしている。

「あの……さっきからすみません……。色々とご迷惑《めいわく》をかけて……」

自然と謝罪の言葉が出てきた。すると、雪音さんが俺の口に人差し指を突《つ》き立てる。

「そんなこと言っちゃだめだよー。私たちは夫婦《ふうふ》なんだから、大変な時は頼《たよ》らないと」

「雪音さん……」

その言葉が、風邪で弱った心に効いた。目に熱いものがこみあげてくる。

もしも俺にお姉ちゃんがいれば、きっとこんな感じなんだろうな。雪音さんは本当に、頼れる理想のお姉ちゃんだ。

「それに、これも奴隷の仕事だからね！」

こういうトコさえなければな……。

やっぱりか！　やっぱりそういうつもりだったか！　俺の感動を返してくれよ！

「ご主人様。次は何をしますか？　おっぱい揉《も》みますか？　それともお尻《しり》？」

雪音さんのありがたい申し出を、俺は寝たフリによって全力で無視した。

第一章　ドＭはいつも突然《とつぜん》に

結局風邪が治ったのは、連休が終わるのと同時だった。長い休みを風邪で潰《つぶ》して、また学校に通う日々。

五月の連休やその後にあった中間テストなども終わり、気が付けばもう六月の始めだ。

そんなある日、帰宅前のホームルームで、担任教師がこう告げた。

「えー、皆《みな》さんも知っているとは思いますが、文化祭まであと二週間となりました」

我らが青林《せいりん》高校では、文化祭は六月中旬《ちゅうじゅん》に行われる。そろそろ準備が始まる時期だ。

「私たちのクラスが何をやるかは、明日のＨＲ《ホームルーム》で決定したいと思います。やりたいことを空いている時間に話し合っておいてくださいね？　ちなみに去年の先生のクラスは——」

文化祭、か……。正直言って面倒《めんどう》くさいな。

先生の説明を話し半分に聞き流しながら、大きなため息を一つ吐《つ》く。

俺は学校で時たま行われる、こういった無駄《むだ》な行事が嫌《きら》いだ。文化祭・体育祭・修学旅行。どれも学生の本分である勉学を妨《さまた》げる悪《あ》しき行事だ。行事当日は当然授業がつぶれる上に、その前の準備期間でも放課後に残らされたりして、貴重な時間を潰される。

俺に言わせれば、文化祭なんて愚《ぐ》の骨頂《こっちょう》だ。

そんなことをして遊ぶ暇《ひま》があるなら、問題集に励《はげ》んだ方がよほど将来のためになる。事実、俺がトップの成績を維持《いじ》しているのは、どんな時も遊びに逃《に》げたりしないからだ。

それに今は、三姉妹たちの仕事もあるしな……。

俺が神宮寺《じんぐうじ》三姉妹と同居しているのは、彼女たちの花嫁《はなよめ》修業のためである。

三姉妹が別の名家に立派な嫁《よめ》として嫁《とつ》げるよう、俺が仮の夫となって、夫婦生活を実際に経験させているわけだ。三人の父である肇《はじめ》さんから、莫大《ばくだい》な報酬《ほうしゅう》をもらいながら。

そして彼女たちを立派なお嫁さんにするには、三人の持つ変態的な性癖《せいへき》を解消させないといけないわけで……。

その方法を考えるためにも、俺には時間が必要だ。文化祭にかまけている暇はない。

「それでは、今日はこれで終わりです。みんな気をつけて帰ってください」

先生の文化祭話が終わり、ホームルームが終了《しゅうりょう》した後。

皆は早速《さっそく》、今しがた先生に言われた通り文化祭の話し合いを始めた。

「おい、文化祭どうするよ？」

「やっぱ受けるのはお化け屋敷《やしき》とかか？」

「いや、プラネタリウムって手もあるぞ」

呑気《のんき》な顔で出し物について相談しあうクラスメイトたち。皆、本当に暇なんだな……。

「なぁ、一条《いちじょう》。お前は何か案ないのかよー？」

男友達の一人が、俺にも意見を聞いてきた。

「俺は別にない。そもそも、文化祭自体興味ないし」

「マジかよ。でもお前、話し合いには参加しろよー。クラス全体の出し物なんだぜ？」

「悪いけど俺は忙《いそが》しいんだ。それに俺の意見がなくても、どうせ皆適当にやるだろ？」

クラスのことは放《ほう》っておけばいい。俺には他にやることがあるんだ。

俺は友達の側《そば》から離れ、代わりに同じクラスにいる月乃《つきの》の元へ寄っていく。いつもはギャルっぽい女友達と一緒《いっしょ》にしゃべっていることが多いが、幸い今は一人のようだ。用事でもあるのか、文化祭の話し合いもせずに帰り支度《じたく》を進めている。

ちょうどいい。それなら一緒に家に帰りつつ、性癖克服《せいへきこくふく》の方法について色々話をしておきたい。三姉妹の中でも月乃だけは、積極的に性癖を克服しようとしているからな。

「おい、月乃ー。ちょっと時間ある…………か？」

と、彼女に話しかけた時。俺の声が尻すぼみになった。

それもそのはず。声をかけられて振《ふ》り向いた月乃が、俺を睨《にら》みつけてきたからだ。

「……なに？　なんか用あんの？」

鋭《するど》い瞳《ひとみ》を尖《とが》らせながら、不機嫌《ふきげん》そうな様子で言う。

え、え……？　なんかトゲトゲしくない？　この子。

「あ、いや……えっと……」

「ってか、学校で話しかけんなって言ってるでしょ？　アタシの話聞いてないワケ？」

「わ、悪い……。そうだったな……」

月乃の素っ気なさすぎる態度に、謝ることしかできなくなる。

――そういえば最近、月乃の俺への態度がおかしい気がする。

数週間前。旅行から帰ってきた後から、なぜか冷たくなったのだ。家以外ではほとんど口をきいてくれないし、家の中でも必要以上に避《さ》けられている。

その態度は次第《しだい》に悪化していて、今なんて声をかけただけなのに、ギャングみたいな目で睨まれてるし。思わず本題をすっかり忘れて、黙《だま》り込んでしまうほどに怖《こわ》い。

すると月乃は、さらに声に不快感を滲《にじ》ませた。

「用がないなら、もうどいて。あってもここじゃ聞かないけど」

「あ……はい……。すみませんでした……」

ついつい敬語で謝ってしまう。

月乃は、素早《すばや》く荷物を鞄《かばん》にまとめて、まるで俺から逃げるように教室の外へ出ていった。

そして周りのクラスメイトたちは一人残された俺を見て「振られてやんのーｗ」「カワイソーｗ」などと、愉快《ゆかい》そうに笑っていた。

※

「あああああああ！　天真《てんま》にひどいこと言っちゃった〜〜〜！」

天真の傍《そば》から離《はな》れた後、校門へと歩くアタシの頭に凄絶《せいぜつ》な後悔《こうかい》が浮《う》かびまくってた。

「どうしようどうしようどうしよう……。もう間違《まちが》いなく嫌われた……」

あんな接し方、絶対愛想《あいそ》をつかされちゃう。憎《にく》まれるぐらい嫌われちゃう……。

「って、なに悩《なや》んでんのよアタシのバカ！」

頭を振り、浮かんできた後悔を打ち消す。

別に、嫌われたところでどうだっていいし！　アタシはあいつのことなんて、なんとも思っちゃいないんだから！

少なくとも……そう装《よそお》わないといけないんだから。

アタシは、天真のことが嫌い。天真のことが嫌いなら、ああいう態度をとって当然。そこに後悔なんてない。そうだ。アタシは、それでいい。

だって、天真のことを好きなのは……。

「あ、月乃お姉ちゃーん!」

名前を呼ばれて、俯《うつむ》いていた顔を上げる。すると、校門の脇《わき》に立つ花鈴《かりん》を見つけた。

「お姉ちゃん、遅《おそ》いよー! 花鈴、ずっと待ってたんだから!」

「ご、ゴメン……。ちょっと色々あって……」

「どうしたの? 月乃お姉ちゃん。なんか元気ないみたいだけど」

「別になんでもないわよ……。あはは……」

今日は花鈴の誘《さそ》いで一緒に下校することになって、この場で待ち合わせをしていた。

そして、この子がアタシを誘った理由は……。

「それでね、早速なんだけど……。先輩《せんぱい》のこと、相談していい?」

「……いいわよ。遠慮《えんりょ》なくどうぞ」

家への道を歩きながら、花鈴が本題を切り出してくる。

その内容は……恋愛《れんあい》相談。花鈴が天真を射止めるための、本気の恋愛相談だ。

家だと天真に聞かれる可能性があるから、下校中に作戦会議をしたかったらしい。

「月乃お姉ちゃん! 天真先輩、花鈴のことどう思ってるのかな!?」

いつも笑顔の絶えない花鈴が、必死そうな顔で聞いてくる。

「それは多分……可愛《かわい》い後輩、とかじゃない？　別に嫌ってはないと思うけど」

「でもそれ、決して好かれてはいないよね？　少なくとも、異性としては……」

「あ～……まあ、確かにそうかも。さすがに恋愛対象としては、正直見られてないと思う」

「うう……。やっぱりそうなんだ……」

あからさまに肩《かた》を落とす花鈴。

「で、でも気にする必要ないって！　あのバカが恋愛事に全く興味ないだけだから！」

「本当に……？　花鈴でも、天真先輩を落とせると思う……？」

「当たり前でしょ！　アンタはアタシの妹だもん。もっと自信を持ちなさい」

落ち込む花鈴を必死に励ます。

ってか、花鈴がこんな顔をするなんて……。そんなに深く悩んでるんだ……。

「ねぇ、花鈴……。アンタ本当にアイツのことが好きなのね……」

「うん！　もうこの上ないほど大好き！　花鈴の全部、天真先輩にあげたいくらい！」

「す、凄《すご》いこと言うわね花鈴……。その態度を天真に見せれば一発だと思うんだけど？」

「そんなの絶対無理だよー！　恥《は》ずかしくて死んじゃうもん！」

花鈴が顔を真っ赤にしながら、千切れんばかりに首を横に振る。

まあ、その気持ちはさすがにアタシも分かるけど……。

「あーあ……。全裸《ぜんら》だったらいくらでも見せつけられるんだけどな……」

「え……何？　全裸……？」

「え⁉　なんでもないよ⁉　こっちの話！」

慌《あわ》てたように叫《さけ》ぶ花鈴。

いま、何か変な単語が聞こえたような……。まあ、花鈴がそんなこと言う訳ないか。

「そ、それより！　具体的にはどうやって落とせばいいのかな？　天真先輩、どうしたら花鈴を好きになると思う？」

「え？　う～ん……。どうなのかな……？」

男を落とす方法なんて、普段《ふだん》男を避けているアタシが知ってるわけがない。

でも、アタシの友達はほとんど全員恋《こい》バナ好きだ。どうやって男を落としているのか、話の流れで聞いたことはある。その記憶《きおく》を頑張《がんば》って掘《ほ》り起こす。

「例えばだけど……。美味しい料理でも作ってあげればいいんじゃない？　ベタだけど、料理できる女子ってやっぱモテるじゃん？」

「確かにそのイメージはあるかも……。でも、いきなり作るの変じゃないかな？　花鈴、ただでさえ普段は料理なんてしないし……」

「それは建前があれば大丈夫《だいじょうぶ》でしょ。『花嫁修業のために料理を作ったので、味見をしてもらえませんか？』って言えば、怪《あや》しまれることなんてないって」

そもそもアタシたちの花嫁修業に付き合うのが、アイツが同居する理由なワケだし。

「他にも、一緒に勉強したりすれば距離《きょり》も少しは縮まるかもね。アタシの友達も、その作戦で彼氏作ったことあるみたい」

「な、なるほど……。勉強かぁ……」

「勉強の間に色々スキンシップを取って、親密になっていったみたいね。凄い子だと、胸チラとかで誘惑《ゆうわく》して男を落とすこともあるって」

「あっ！　いいですねソレ！　うまくいけば、すぐに先輩を落とせるかも！」

「……分かってると思うけど、そーいうのはマネするんじゃないわよ？」

「も、もちろんだよ！　今のはただの冗談《じょうだん》！　あはは……」

なんだかぎこちなく笑う花鈴。まったくもう……。一瞬《いっしゅん》本気かと思ったじゃん。

「後は、もうすぐ文化祭でしょ？　二人で過ごせばもっと仲良くなれるんじゃない？」

「おおっ！　確かに距離が縮まりそうです！」

「それで一緒にお化け屋敷とか入ったりすれば、もう完全に花鈴の勝ちね。ほら、あるじゃん？　つり橋効果ってやつ。恐怖《きょうふ》のドキドキを恋のドキドキと誤解させるみたいな」

「つり橋効果……そんな必殺技《わざ》があるんだ！」

花鈴がスマホのメモ帳にすごい勢いで文字を打ち込む。

「分かった！　とりあえずは、お菓子《かし》作りから試《ため》してみる！　勉強のやつも別の日に実践《じっせん》してみるね！　月乃お姉ちゃん、ありがとう！」

「これくらいいいわよ。それに言ったでしょ？　アンタの恋、ちゃんと応援《おうえん》するって」

「うんっ！　頼《たよ》りにしてるね！　お姉ちゃん！」

朗《ほが》らかに笑い、アタシの肩にもたれかかって甘える花鈴。

嬉《うれ》しそうにするこの子を見ると、相談に乗って良かったと思える。

「そういえば、月乃お姉ちゃんは好きな人いないの？　ちょっと気になる男子とか」

「えっ……!?」

いきなり自分のことを聞かれて、一瞬頭が真っ白になった。

「もしよかったら、恋愛の参考にしたいな～と思って。それに、今度は花鈴が相談に乗れるかもしれないでしょ？」

「いや、別にアタシは好きな人なんて……」

「本当に？　……あっ！　もしかして、お姉ちゃんも天真先輩が好きだったりして～？」

「なっ……何馬鹿《ばか》なこと言ってんのよっ!?」

思わず、自分でも驚《おどろ》くほどの声で否定する。

「ひゃっ！　お、お姉ちゃん……？　どうしたの……？　冗談言っただけなのに……」

「あ、ごめん……」

若干《じゃっかん》怯《おび》えている花鈴に謝る。ああもう……ちょっと落ち着かないと……。

「でもアタシ、今は好きな人なんていないから。変な詮索《せんさく》するんじゃないの」

「今は……？　ってことは、昔は好きな人がいたの？」

「あー……まぁ、ホントに昔はね……」

好奇《こうき》心旺盛《しんおうせい》な花鈴の目に負け、アタシは少しだけ話をした。

「小さい頃《ころ》、ちょっと気になってた同世代の男の子がいるのよ。公園で近所の悪ガキどもに虐《いじ》められてるのを助けてくれてさ。それ以来、しばらく一緒に遊んでたの。まあ、それだけの関係なんだけど」

前に天真にも話したことのある、昔出会った男の子の話。

アタシの中で、大事な思い出になっている話。

「好きになった相手は、今までの人生でソイツだけ。今は気になる異性なんていないし」

「そうなんだ。じゃあお姉ちゃん、それ以来は恋してないんだね」

そう……。アタシは恋なんてしていない。天真のことだって、好きなワケが無い。

皆《みな》で新婚《しんこん》旅行に行ったとき、アタシは帰りの電車の中で花鈴の天真への気持ちを聞いた。

確かにあの時、アタシの心臓は摑《つか》まれたみたいにキュッとなった。それで一瞬、天真を好きかもしれないと思った。恥ずかしいけど、それは事実だ。

でも、あの時に抱《いだ》いた気持ちを真実だと認めるわけにはいかない。

妹の——花鈴の恋を応援するには、そんなことをしちゃ絶対にいけない。

大体、あんなのは気の迷いに決まってる。花鈴がいきなり変なカミングアウトをするから、混乱していただけなんだ。アタシが、アイツを好きなわけがない。

だからこうして花鈴の相談に乗っているときも内心苦しんだりしてないし、好きな人を聞かれたときも、天真の顔は浮かんでない……。はぁはぁ……。

アイツと一緒《いっしょ》に結婚式の練習をしたり……アイツに助けられたりした時も……ドキッとなんか……して、ないし……。あぁん……。ましてや、いつも雪姉や花鈴といる天真に、嫉妬《しっと》心なんて……抱いては——

「はぁん……。天真ぁ……。もっとアタシのこと、見てよぉ……」

「お姉ちゃん……？　本当にどうかしたの？　何だかすごく苦しそうだよ……？」

「はっ⁉」

あ、ああああアタシのバカッ！　なに花鈴の前で発情しそうになってんのよ！

ってか、違《ちが》うし！　天真のことを考えて発情したりなんかしないから！

そりゃ、天真は人間的には悪い奴《やつ》じゃないし、むしろいいヤツだと思う。むしろ、人間的には好きだけど……。でも、欲情したりは絶対しない！　アタシが恋に落ちるなんてことも、もちろん絶対あるはずないし！

だからアイツに冷たくして、どんなにひどく嫌《きら》われても、それで後悔《こうかい》なんかしない！

ホントに！　マジで！　好きじゃないからっ！

「あーもうっ！　あのバカ！　大っ嫌い!!」

「お、お姉ちゃん!?　どうしたの!?」

自分の気持ちを定めるために、空に向かって大声で叫ぶ。

そしてアタシは改めて、この気の迷いが消えるまで天真と距離を置くことを決めた。

※

「なんで俺、あんなに避《さ》けられてんだろ……？」

結局一人で下校しながら、俺は月乃のことを考えていた。

やっぱり最近、彼女の態度が明らかにおかしい。家か学校かにかかわらず、なんだかやたらと俺を避けてるし、話しかけても嫌そうにするし……。

また発情癖《へき》を警戒《けいかい》して、俺から距離をとっているのか？　でも、それとはちょっと違う気もする。かといって、何か悪いことをした覚えもないし。

とにかく、このまま月乃との関係が冷え切ったままでいるのは良くない。そんなことでは、仮の夫としての役割をちゃんと果たせなくなってしまう。

やっぱり今度、月乃と腹を割って話し合おう。その結果俺に原因があれば、ちゃんと謝って解決しよう。

なんてことを考えながら、俺は家へと到着《とうちゃく》する。俺の実家とは比べ物にならない、三姉《し》妹《まい》たちの豪邸《ごうてい》へ。「ただいまー」と言いながら玄関《げんかん》を通り、自分の部屋に向かおうとする。

その時。

「おかえりなさいっ！　天真先輩！」

キッチンから駆《か》けてきた花鈴が、わざわざ俺を出迎《でむか》えてくれた。可愛らしい、花柄《はながら》のエプロンをつけた姿で。

……正直一瞬、裸《はだか》エプロンかと思ったわ。ちゃんと下に制服着てたけど。

「ただいま、花鈴。何か作ってるのか？」

「はいっ！　たまにはお菓子でも作ろうと思って！　クッキー制作中なんです！」

へえ……。珍《めずら》しいこともあるんだな。花鈴は料理が苦手なはずだが……。

「それでですね、天真先輩。一つお願いがあるんですが……」

「お願い？」

「花鈴のクッキー……味見してみてくれませんか？」

断られるのを不安がるような表情で、花鈴が俺に尋《たず》ねてきた。

「味見？　俺が？」

「迷惑《めいわく》じゃなければ、お願いします！」

「別に迷惑なんかじゃないけど、本当に俺なんかでいいのか？」

適切なアドバイスが欲《ほ》しいなら、雪音《ゆきね》さんあたりに訊《き》いた方がいい。あっちの方が、お菓子とか作り慣れてるだろうし。

「天真先輩がいいんです！　だって、美味《おい》しいお菓子を作るのも花嫁《はなよめ》修業の一環《いっかん》ですから！　夫役の先輩に意見を聞いてみたいんです！」

なるほど。確かに手作りお菓子とか作れるのは、お嫁さんとしてポイントが高い。花嫁修業に協力するのは俺の大事な仕事だし、付き合う義務があるだろう。

「分かった。そういうことなら、喜んで味見させてもらおう」

「はいっ！　ありがとうございます！」

嬉しそうにして、深く頭を下げる花鈴。

「それで、今はどの工程なんだ？　何なら少し手伝うぞ？」

「大丈夫です！　今焼いているところですから！　もうすぐ出来ると思いますので、ちょっとだけ待っててくださいね？」

言われて意識してみれば、いい香《かお》りがキッチンから広がってきていた。お菓子が出来上がる直前の、なんだかワクワクする匂《にお》い。

やがて、大型のオーブンからアラームが鳴った。調理の完成を知らせる音だ。

「あっ！　ちょうど出来上がったみたいです！」

花鈴がルンルンと弾《はず》む足取りで、オーブンの扉《とびら》を開きに行った。

鍋摑《なべつか》みをした手で取っ手を握《にぎ》り、大きな扉をガチャンと開ける。

そして中から出てきた物は――

「ひゃう……!?」

黒焦《くろこ》げになった丸い固まりだ。

設定温度が高すぎたせいか、花鈴の作ったクッキーは完全に焦げてしまっていた。

「うう……。これは、やっちゃいました……。こんなの、食べてもらえません……」

涙目《なみだめ》になり、明らかにしょんぼりする花鈴。

「い、いや……。一応食うよ。せっかく作ってくれたんだしさ」

気を遣《つか》い、少し冷ましてからクッキーを口へ放《ほう》り込む。

「あれ……？　別に普通《ふつう》に食えるぞ？　むしろ美味《うま》いと思うんだが」

「ほ、ホントですかっ⁉」

「ああ。美味いぞ。特に風味がいいよな。ちょっと香《こう》ばし過ぎるくらいで――」

「それ、焦げてるってことじゃないですかぁぁぁ～～～！」

俺の感想に、花鈴がず～んと肩《かた》を落とした。

「うぅぅぅぅぅ……。失敗しましたぁぁぁぁぁ……」

いや、そんなに落ち込まなくてもいいぞ？　俺、本当に美味いと思ったし。

でも俺、貧乏《びんぼう》になってから週一で雑草のおかゆとか食ってたからな……。味覚がズレている可能性はあるか。

「せっかく美味しいお菓子を作ってアピールしようと思ったのに……。ああ、やっぱり花鈴にはダメなんですね……。お菓子作りとか百年早い感じなんですね……」

「お、おい……。大丈夫《だいじょうぶ》か？　花鈴……」

俯《うつむ》き、何やらぶつぶつ呟《つぶや》く花鈴。闇《やみ》落ちしそうな危《あや》うさを感じる。

「落ち込むなって。誰《だれ》でも最初は失敗するしさ。また日を改めて頑張《がんば》ろうぜ？」

「いえ、まだ諦《あきら》めきれません……。こうなったら、最後の手段です！」

「最後の手段？」

「天真先輩！　ちょっとだけ待っててくださいね！　すぐに準備しますから！」

花鈴はそう言い、俺をキッチンから廊下《ろうか》へと追い出す。その後部屋の扉を閉めた。

まさか、今から作り直す気か？　結構時間かかると思うが……。でも、一度協力すると言った以上、ここで放置するわけにもいかない。

仕方なく、俺は花鈴からの合図があるまで、廊下で待機することにした。

そして二十分程《ほど》が経《た》ったころだろうか。中から花鈴の呼び声が聞こえた。

「せんぱーい！　お待たせしました！　もういいですよー！」

「お……。思ったよりも早かったな」

扉を開き、廊下からキッチンルームへ移動。そして、中にいる花鈴の姿を捉《とら》える。

だがそれは、いつもの花鈴ではなかった。

「………………ん？」

そこにいたのは、何やら黒い液体を全身から滴《したた》らせる彼女。その液体から立ち上る、甘い匂いが鼻孔《びこう》をくすぐる。まるでチョコレートのような匂いだ。

というより、チョコレートそのものだった。

花鈴が全裸《ぜんら》の体にチョコレートをコーティングして、ブルーシートの上に立っていた。

「えへへ……。先輩、どうですか？　花鈴、美味しそうに見えますか？」

こ……こ……こ……！

コイツは何をやってんだぁ――――――――――――っ!!⁉⁇

なにこれ⁉　こいつは何を考えているの⁉　また例の露出《ろしゅつ》プレイなの⁉

「あはっ。こんなこともあろうかと、チョコを大量に買い込んだ甲斐《かい》がありました♪」

そう微笑《ほほえ》む花鈴の体は、纏《まと》ったチョコの光沢《こうたく》でテカテカと艶《なま》めかしく輝《かがや》いていた。

しかも胸の上部やお尻《しり》など、所々はチョコが薄《うす》れて、真っ白な素肌《すはだ》が見えかけている。

彼女の肌をチョコが滑《すべ》っていく様子は、なんだか非常にインモラルだ。

「さあ、先輩！　これが花鈴のスイーツです！　約束通り味見してください！」

ああ、なるほど。そういうことか。『お菓子《かし》は上手に作れないので、花鈴がお菓子になってみました♪』と。逆転の発想をしてみました、と。

いや、別にすごくないからな？　むしろ頭がおかしいからな？　そんなドヤ顔をするんじゃないよ。

「これならチョコを湯煎《ゆせん》するだけで出来ますし、ついでに露出も楽しめます！　はぁはぁ……。チョコっと興奮してきちゃいましたぁ……！」

チョコのかかってない頬《ほお》を赤く染め、恍惚《こうこつ》の表情を浮《う》かべる花鈴。感じているのか、体が小刻みにブルッと震《ふる》える。

「先輩、遠慮《えんりょ》なく食べてください！　チョコを舐《な》めとって、花鈴の全裸を見てください！」

「だが断る」

俺は冷たく言い捨てて、花鈴を風呂場《ふろば》に連れて行く。そして無理やりシャワーを浴びさせて、体中のチョコを落とさせた。

その後、食べ物を粗末《そまつ》にした罪で小一時間ほど叱《しか》り続けた。

※

花鈴を叱り終えた後、俺は落ち込んで部屋に戻《もど》った彼女に代わって、台所を片付けていた。調理器具やトレイを洗い、床《ゆか》のチョコを拭《ふ》き取っていく。結構重労働だな、コレ。

でも雪音さんが夕食の準備を始めるまでには、しっかり綺麗《きれい》にしておかないと。

「ただいま〜。帰ったよ〜」

そう思ったとき、ちょうど玄関から雪音さんの声が聞こえてきた。見に行くと、スーパーのビニール袋《ぶくろ》を下ろし、「ふぅ……」と息をつく雪音さんの姿が。

「おかえりなさい、雪音さん。今日はいつもより遅《おそ》かったですね？」

「あはは、ごめんね～。実は今、生徒会の仕事が忙《いそが》しくて……」

生徒会……。そういえば雪音さんは、生徒会長をしているんだった。

「ほら。もうすぐ文化祭があるでしょ？　生徒会もその準備で仕事があって……。しかも、役員の一人が怪我《けが》で入院しちゃったの。だから色々手が回らなくてね～」

「そうなんですか……。それは大変そうですね」

ただでさえ繁忙《はんぼう》期なのに人数不足。俺も今まで数々のバイトでそんな修羅場《しゅらば》を経験してきた。過去一でキツかったのは、アレかな。ホテル清掃《せいそう》のアルバイトの時、俺を含《ふく》めたった三人で全フロアの客室を捌《さば》いた日。掃除《そうじ》しても掃除しても、一向に無くならないアウト部屋。俺はこれを『賽《さい》の河原事件』と呼んでいる。

とにかく、彼女の苦労は俺も分かる。ここは仮の夫として支えてあげるべきだろう。

「大丈夫ですか？　疲《つか》れてるなら、料理くらい俺が作りますよ？」

「平気だよ。忙しいのは慣れてるから。それに私は長女として皆《みんな》を支えないとだもん」

是非《ぜひ》とも力になりたいが、どうしても遠慮されてしまう。

「あと、副会長には愛佳《あいか》もいるから。人手不足くらい、どうってことないよ」

「え？　愛佳さんが……!?」

そういえばあの人、同じ学校に通ってるって言ってたな……。

愛佳さんは三姉妹《しまい》の父である肇さんの秘書で、俺と同様三人の性癖《せいへき》を知る人物だ。三姉妹たちと新婚《しんこん》旅行に行った際は、監視《かんし》役として付き添《そ》ってきて色々苦労をさせられた。しかし俺も最後は愛佳さんに認められ、三姉妹のことを託《たく》されたのだ。

確かに、あの人は仕事できる人だからな。……家事とかは壊滅《かいめつ》的だけど。

「でも本当に大丈夫ですか？　いくら二人が優秀《ゆうしゅう》でも、働き詰めは良くないですよ？」

「あれ？　天真君、もしかして心配してくれてるの？」

「当たり前でしょう。仮の夫として、心配くらいはしますって」

「わ〜！　ありがとう！　いい子いい子〜」

「え……？　ちょっと、雪音さ――んぎゅ!?」

雪音さんが俺に飛びついて、思いきり抱《だ》きしめてきやがった！

「でも、その気持ちだけで十分だよ〜。むしろ私が天真君をたくさん労《ねぎら》ってあげるね〜」

「ん――――！　ん――――！」

苦しい！　息がっ！　息ができない！　ってか、死ぬほど恥《は》ずかしい！

雪音さんの強い抱擁《ほうよう》で、胸が顔中に押し付けられる。柔《やわ》らかいのに、張りがある胸。その上、なんだかミルクみたいな甘くていい匂いがしてくるし……！

「天真君は、何も気にしなくていいからね？　もっと甘《あま》えん坊《ぼう》さんになって？　そしてもっとだらしなくしててね？」

「そんなヤツただのダメ人間でしょうが！」

俺はなんとか抵抗《ていこう》し、雪音さんの胸から解放される。

「はあっ……はあっ……！　この人は……。せっかく心配してるのに……！」

雪音さんはいつもこうやって、俺をからかってはぐらかす。胸を押し付けて俺を恥ずかしがらせれば煙《けむ》に巻けると思っているんだ。実際、冷静ではいられなくなるけど……。

でも、いつもその手に乗るのは癪《しゃく》だ。こうなったら、夕食の支度《したく》くらいは意地でも手伝わせてもらおう。いつも雪音さんに任せている分、たまには力にならせてもらう！

「雪音さん。それで、今日のオカズは何ですか？」

「今日のオカズは～。わ・た・し☆」

そう答えながら服をまくり、ブラジャーを外す雪音さん。ぱつんぱつんに張り詰《つ》めた巨乳が、ブルンと揺《ゆ》れながら晒《さら》される。

「いや、いきなり何をしてんだアンタは――――っ!?」

「え？　だって、オカズを求められたから。奴隷《どれい》として、ここは体を差し出すべきでしょ？　さあ、ご主人様！　私のおっぱい好きに使って！」

「オカズって夕食のことだから！　ってか、分かっててやってますよね⁉」

「あははっ。夕食は焼きうどんだよ？　すぐ支度するから、天真君は部屋で休んでて〜」

「ちょっ、雪音さん！　待ってくださいよ！」

　雪音さんの胸から全力で目を背《そむ》けている隙《すき》に、彼女が俺の背中を押して『ここは女の戦場だから！』と言わんばかりにキッチンから追い出す。

　結局その日も、雪音さんは一人で全《すべ》ての家事をこなした。

※

　本当に……あの三姉妹は変態ばかりだ。油断したら即《そく》、胸とかパンツとか全裸とか、躊躇《ためら》いもなく見せてくるし、襲《おそ》われることも少なくない。しかも時には場所を選ばず変態行為《こうい》を仕《し》掛《か》けてくるから、周囲にバレる恐《おそ》れだってある。

　もし三人の性癖が他人にバレれば、その情報は三姉妹の父である肇さんの耳にも入るだろう。そうなれば彼は、三姉妹の不貞《ふてい》を阻止《そし》するために雇《やと》った俺をクビにするはずだ。そして俺は家の借金を返せなくなり、三姉妹も秘密を知られて皆が地獄《じごく》に落ちることになる。

　だからこそ、秘密が誰かにバレる前に性癖解消を成さなくてはいけない。

放課後、俺は学校近くの書店で性に関する本を手繰《たぐ》り、その方法を探していた。

『すっごぉい……！　先生のココ、大きすぎ……。ねぇ、もう入れてもいいでしょう？』

『だ、ダメだ！　止《や》めろ！　俺のイチモツを放せ――ああっ!?』

『はぁんっ、イイッ！　入れただけでイッちゃう！　イクッ！　アソコ参ります！』

「ふむ、なるほど……。これは興味深いな……」

今読んでいるのは『女子校凌辱《りようじよく》物語～美少女たちの童貞《どうてい》いじめ～』だ。女子校に赴任《ふにん》した童貞教師が、女生徒たちに性的に食われる物語。いわゆる官能小説だ。三姉妹のエロ行為を防ぐには、まずエロ行為を知るのが近道。そう考え、この本を分析《ぶんせき》しているのだ。

男性教師が騎乗位《きじようい》で女子に犯《おか》されるシーンを読みつつ、俺は頭を回転させる。

『気持ち良すぎて、脳とアソコが直結しちゃうぅ！　私自身がアソコになっちゃう！』

『な、夏希っ……！　もう止めてくれっ……！　こんな事したら、先生は――』

『ダメ！　こんなんじゃ収まらないもん！　止めたいなら、もっと私を満足させて！』

「このシーンを因数分解すると……つまりエロ行為を止めさせるには、もっと大きな快感で満足させろということか？」

ふむ……。面白《おもしろ》い手段だな。だが、エロ行為以上の快感を与《あた》える手段が思いつかない。

それに、根本的解決にはなりそうにないな。一時的に満足させられても、時間が経《た》てば性欲はまた湧《わ》き上がってくるものだと思うし。

できれば性癖自体を無くす妙案《みょうあん》を思いつきたいところだな。

「一条君……⁉ 何をしているの……？」

「ん……？」

ふと、俺のことを呼ぶ声が聞こえる。

不思議に思ってエロ小説から顔を上げると、俺の側《そば》に一人の女子が立っていた。

青林の制服に身を包んだ、ミディアムヘアーの女の子。顔つき自体はおっとりとした感じだが、今は俺を指さしながら可愛《かわい》らしい口を半開きにして、驚《おどろ》きで表情を歪《ゆが》めている。

この子……誰《だれ》だ？ こんな女子に見覚えはないが、どうして俺の名を知っているんだ？

「い、一条君っ！ あなた、なんでそんな本読んでるの⁉」

俺が混乱していると、彼女がまた話しかけてきた。

「え？ あ……」

指摘《してき》されて気づく。俺の手中には『女子校凌辱物語～美少女たちの童貞いじめ～』。

「そ、それってエッチな小説だよね⁉ 十八禁の官能小説……！」

「あ、いや……。これにはちょっと、事情があって……」

「どんな事情があってもダメだよ！　だってこんなの不健全だもん！」

エロ本に嫌悪《けんお》の目を向けて、一方的に否定の言葉を捲《まく》し立てる彼女。

「信じられないっ！　信じられないっ！　制服姿でこんな本立ち読みするなんて！　一条君、最低すぎるよ！　なんでこんなバカなことしてるの⁉」

いや、まあ……。確かに制服姿でエロ本熟読はちょっと不注意だったかもしれんが……。でも、いきなりそんな言い方をされるとこっちも少し腹が立つぞ？　俺だって好きでエロ本を読んでるんじゃない。三人の性癖を解消するため、仕方なく勉強しているだけだ。

「ねぇ、一条君！　今すぐそんな本読むのは止めて！　こんなの絶対許されないよ！」

「……悪いが、それは聞けないな」

ここまで言われたら、俺もムキになってしまう。

俺にとってエロ本熟読は仕事なんだ。いくら注意されても、やめることはできない！

「俺にはこれを読む必要がある。何人《なんぴと》たりとも邪魔《じゃま》はさせん。必ず読破してみせる！」

「何その謎《なぞ》の決意の固さ！　言っとくけど全然かっこよくないよ⁉」

「うるさい！　ってか、アンタに注意される筋合いは無いだろ！」

「あるよ！　第一こういうのって、学生は読んじゃいけないものでしょ！」

言いながら、棚《たな》に示されている『十八禁』の文字を指す彼女。

うっ……痛いところをついてきやがった……！

「そ、それでもっ！　俺はエロ本を読まなきゃいけない！　ルールを守るだけが正義じゃねえ！　時には破ることも必要なんだ！」

「なにそれ最低！　信じられないっ！　一条君、どれだけエロ本好きなの⁉」

「とにかく、俺のことは放《ほ》っといてくれ！　今ちょうどいいとこだったんだ！」

「〜〜〜っ！　もう知らないっ！　一条君の変態っ！　痴漢《ちかん》！　強姦魔《ごうかんま》！」

「いや、それは明らかに言いすぎだろ！」

「私、絶対許さないよ！　こんなの絶対ダメだからね！」

そんな捨て台詞《ぜりふ》を最後に吐《は》いて、少女は店から立ち去った。

……今の子、一体何だったんだ？　いきなり現れて喚《わめ》き散らして……。

同じ学校の生徒のはずだが、一度も見たことなかったぞ。同じ学年かも怪《あや》しいし、ひょっとして三姉妹の知り合いとかか……？　俺の名前も知ってたし……。

「……まあ、考えてもしょうがないか」

とりあえず、今はエロ本を読んで分析の続きをしないとな。

その前に、さっき思いついたことを念のためにメモしておくか。

「って、あれ……？」

胸ポケットに手を入れるが、中には何も入ってない。いつも持っているメモ帳が無い。

そう言えば、帰り際《ぎわ》に今日の宿題をメモって、そのまま机に入れた気が……。

「しょうがない……。一回戻《もど》るしかないか……」

忘れ物をしたとき特有のナイーブな気分になりながら、俺は本屋を後にした。

※

「しかし……。今日もこれといった収穫《しゅうかく》は無し、か……」

学校に着き、教室への道を歩きながら呟《つぶや》く。

やっぱり、変態性癖《せいへき》を解消する方法についての記述なんて、そう簡単には見つからない。

具体的な方法は、官能小説を読むなどしながら考えるしかなさそうだ。

「それが死ぬほど難しいんだよなぁ……」

一応、強硬《きょうこう》手段なら思いつく。『変態行為を止めないと性癖をバラす』と脅《おど》すとか。

でも、それでは意味がないのだ。

三姉妹《しまい》の性癖を克服《こくふく》するなら、あくまで彼女たちが自然に性癖を捨てるべきなんだ。自分たちが納得《なっとく》した上で、ああいうことをやめるべきなんだ。

三姉妹から無理やり性癖を奪《うば》うようなことをしても、彼女たちを傷つけるだけ。俺は彼女たちに幸せになってもらうために性癖を克服させたいのに、それでは本末転倒《てんとう》だ。

そのことを俺は、新婚旅行の花鈴の件で思い知らされた。無理に性癖を捨てようとした彼女が、傷ついてしまったあの件で。

「やっぱり、まずは三人のことをちゃんと理解する必要があるな……」

花鈴の時のことを改めて思い返してみれば、あの失敗は花鈴が露出《ろしゅつ》に抱《いだ》いている気持ちを俺が理解しきれていなかったから、起きてしまったことである。

逆に言えば、三姉妹の持つ性癖や彼女たち自身のことについてもっとちゃんと知ることこそが、正しい形で性癖を解消させるために必要なこと。

性癖を克服させるためには、彼女たちとしっかり向き合い、その中で性癖克服の方法を探《さぐ》っていくしか道はない。

「そうと決まれば……早速《さっそく》調べてみるとするか」

まず手始めに、三姉妹の性癖について詳《くわ》しく調べてみるとしよう。

考えてみれば、彼女たちの性癖について俺はほとんど何も知らない。花鈴の持つ『露出癖』については新婚旅行で詳しい話を聞いているが、月乃と雪音さんの性癖については、せいぜい『発情癖』と『ドM』という特性を知っているだけである。

なぜその性癖が芽生えたのか、いつから欲求が生まれたのかなど、本人に色々聞かなければいけない。性癖に関する情報さえあれば、後は俺の天才的な頭脳によって、性癖克服の方法をばっちり導き出せるはずだからな。

月乃はおそらく、もう家に帰ってしまっているだろう。それに最近避《さ》けられているし、こういった話は聞き辛《づら》そうだ。

となると、まずは雪音さんからだな。あの人はきっと、まだ校内にいるハズだ。昨日も帰りが遅《おそ》かったし、生徒会の仕事で忙《いそが》しいとも言っていた。たぶん生徒会室にいるだろう。

「とりあえずメモ帳を回収したら、様子を見に行ってみようかな」

そして可能なら、一緒《いっしょ》に帰らないか誘《さそ》ってみたい。性癖の話ができるのは、二人きりの時だけだからな。家だと他の姉妹たちに話を聞かれる可能性もあるし——

と、考えながら歩いているとき。

視界に何かが飛びこんだ。

「ん……？」

俺の教室がある二階へ続く階段を進み、その踊《おど》り場へ差し掛《か》かった時。

そこに誰かが、うつ伏《ぶ》せになって倒《たお》れていた。

「っ⁉」

しかもこの姿、見覚えがある。このロングヘアーに、シルエット。まさか……！

「ゆ、雪音さんっ⁉　大丈夫《だいじょうぶ》ですか⁉」

駆《か》け寄り、彼女の体を起こす。

顔を見ると、やはり雪音さんだ。その美しい顔はやつれ、明らかに疲《つか》れている様子。

「雪音さん！　どうしたんですか、雪音さんっ！」

「う……うぅ……天真、くん……」

幸い意識はあるようだが、声にはまるで生気がない。

う、嘘《うそ》だろ……！　一体どうしたっていうんだよ！

とにかく、保健室に連れてかないと！　すぐベッドに寝《ね》かした方がいい！

彼女を運ぶため、その腕《うで》を俺の肩《かた》に回す。

「雪音さん、ちょっと失礼します！　動きますけど大丈夫ですか？」

尋《たず》ねると、雪音さんが力なくうめき声をあげる。

「ううう……。き……」

「き……？」

「き……気持ち……」

やっぱり気持ち悪いのか！　早く保健室に行かないと――

「気持ちぃぃ～～～～～～～～～～～！」

「……………………………………は？」

この人いま、何と言った……？

いや……。いやいやいやいや、それはない。それはさすがに聞き間違《まちが》いだ。

こんなに体調の悪そうな人が、『気持ちぃぃ～～！』なんていうわけが――

「忙しくて辛《つら》いの……とっても気持ちいい！　ゾクゾク震《ふる》えて、興奮しちゃう！」

言ってたよ……。言っちゃってたよ……。

「気持ちよすぎて、おっぱい大きくなっちゃうよぉ……！」

一体、どういう原理なんだそれは。

「追いつめられるの、すごくいい！　もっと忙殺《ぼうさつ》されたいよぅ……。はぁぁん……！」

恍惚《こうこつ》のため息を漏《も》らしつつ、表情を淫《みだ》らに緩《ゆる》ませる彼女。

その顔を見て、俺は悟《さと》った。

お、おい……。なんということだ……！　この人、忙しさまでも性的興奮に転用してるぞ！　倒れるほどの仕事疲《づか》れで、すっかり欲情してやがる！

これはさすがに驚きだ……。さすがは生粋《きっすい》のドM姫《ひめ》。どんだけ常識が通じねえんだよ。

俺は、雪音さんの腕を肩から外し、とりあえず三歩ほど距離《きょり》を取る。

「雪音さん……。これほんと、どーいう状況《じょうきょう》ですか……？」

「ああん、天真君。心配かけたみたいでゴメンね？　でも、私は大丈夫だからぁ……」

いや、全然大丈夫そうじゃないよね。すぐ病院行った方がいいですよ。頭の。

「私ね？　最近忙しいせいで、全然興奮が収まらなくて。だからほら、天真君も見て？」

雪音さんが膝《ひざ》立ちの姿勢で、不意にスカートを捲り上げた。

「え……？」

結果、彼女の穿《は》いている黒いパンツに、ムッチリした太ももが露《あら》わになった。

その光景から目を離《はな》せず固まる。だが俺は、彼女のパンモロに魅了《みりょう》されて見つめ続けているわけではない。それ以外の、もっと衝撃《しょうげき》的なものに目を奪われてしまったのだ。

「実は……今日の朝からずっと、こんなことをしていたんだよ……？」

そのパンモロ以上の爆弾《ばくだん》とは……彼女の体に書き記された、卑猥《ひわい》な落書きの数々だ。

雪音さんの太ももには、『絶対服従』『マゾ奴隷《どれい》』『私はドMの変態です☆』などと、とんでもない言葉が並んでおり、他にも空いたスペースには大量の『正』の字が書かれていた。さらに股下《またした》あたりに書かれている『欲求不満』や『ご主人様専用』の文字からは、秘部を示す矢印が伸《の》び、卑猥さをひどく際立たせている。

「…………」

あ。絶句ってこのことだったんだ。なんかもう、何も言葉が出てこねえ。

この変態……スカートの下でとんでもないプレイをしていやがった……！

「あぁ……見せちゃった……。天真君に恥《は》ずかしい秘密見せちゃった……！」

「ちょっ、興奮してる場合か――――！　早く隠《かく》してくださいよ！」

もし今誰《だれ》かが通りかかったら、取り返しのつかないことになる。俺は咄嗟《とっさ》に彼女のスカートを摑《つか》んで下げた。だが――

「えへへ。実は胸にも書いちゃってます♪」

「のわ――――――っ!?」

雪音さんがシャツの胸元《むなもと》をはだけさせると、胸の上部に『いっぱい揉《も》んで☆』の文字が現れる。もうこの人、完全に手遅《ておく》れだ。

「ご主人様ぁ……。変態な私に、どうかお仕置きしてください……！」

すっかり欲情しきった様子で、桃色《ももいろ》の吐息《といき》を漏らしつつ体の文字を見せつける彼女。

ってかこのプレイ、危険すぎるだろ！

今の文字、ちょっとした拍子《ひょうし》に見えてしまいそうな、超《ちょう》ギリギリな位置に書いてあった。例えばもしも突風《とっぷう》が吹《ふ》いてスカートがめくれ上がったら……。何かの理由で着替《きが》えなければいけなくなり、更衣室で肌《はだ》を晒《さら》すことになったら……。

それでプレイを見られたら、確実に変態だとバレる。この人はそれが分かってるのか？

「雪音さん！　どうしてこんなハイリスクなプレイをしてるんですかっ⁉」

「だって、その方が興奮するでしょ？　私が卑猥な言葉を書いて悦《よろこ》ぶド変態なマゾだってことが……淫乱《いんらん》なメス奴隷だってことがバレちゃうかもって考えると……！　あぁん……だめぇ……ゾクゾクしちゃうぅ……！」

押し寄せる性的快感で、表情を蕩《とろ》けさせる雪音さん。

わ、分かったぞ……。この人、ドMゆえに自らを追い込む癖《くせ》があるのか。バレそうなレベルで変態行為《こうい》をしているのも、倒れるほど忙しい中で無理して働き続けるのもそうだ。

特に今は生徒会の忙しさによって、暴走してしまっているのだろう。極限まで苦しめられたことにより、性癖のリミッターが幾分《いくぶん》外れてしまっているのだ。

このままでは、いつ誰に性癖がバレてもおかしくない。

「わ、私……堕《お》ちちゃった……。皆《みんな》の生徒会長から、性奴《せいど》会長に堕ちちゃったぁ……」

これはダメだ。このままじゃダメだ。

この状態の雪音さんを放《ほう》っておくわけにはいかない。俺には仮の夫として、性癖を抑《おさ》える義務がある。雪音さんが暴走している原因を、俺が取り除いてあげないといけない。

でもそのためには、どうすればいい……⁉

『役員の一人が怪《け》我《が》で入院しちゃったの。だから色々手が回らなくてね～』

ふと、昨日の会話を思い出す。

彼女は昨日言っていた。生徒会は今、人手不足だと。そのため忙しくなっていると。

つまり雪音さんを追い詰《つ》めている原因は、人手不足による忙しさ。それを解消するためには——もう方法は一つしかない！

「雪音さん……。一つ、お願いです」

「ふぇ……？」

雪音さんが、悦楽《えつらく》に歪《ゆが》んだ顔で俺を見る。俺はそんな彼女に、深く頭を下げて言った。

「俺も生徒会に入れてください っ！」

第二章　生徒会の秘《ひ》め事

雪音《ゆきね》さんの秘密を守り抜《ぬ》くため、生徒会の手伝いを志願した翌日。

俺は雪音さんの計らいにより、文化祭が終わるまでの間、臨時の生徒会メンバーとして活動できることとなった。おそらく元々のメンバーの一人が怪我で入院しているため、特別に許可されたのだろう。そして授業後、俺は早速《さっそく》生徒会室へ向かっていた。

俺が生徒会でやるべきことは、細かく分けて三つある。

一つ目は雪音さんがこれ以上忙しさで興奮しないよう、彼女の仕事を手伝って負担を軽くしてあげること。二つ目は雪音さんの人前での暴走を防ぐため、俺が側《そば》について見張ること。そして三つ目は、雪音さんの性癖《せいへき》について、彼女から情報を引き出すこと。

要するに、彼女の性癖を何とかするのが目的だ。

とりあえず今日は生徒会役員との顔合わせをする予定だそうだが、これらの仕事を果たすためにも、生徒会内で動きやすい状態を作りたい。そのためには最初が肝心《かんじん》だ。第一印象に気をつけて、しっかり好感度を上げておこう。

そう考えている内に、生徒会室の前に到着《とうちゃく》。

俺は二、三度深呼吸をする。そして、緊張《きんちょう》しつつも扉《とびら》を開いた。

「すみません！　失礼しま…………す？」

瞬間《しゅんかん》、目の前にカラフルな光景が広がった。

生徒会室の中にいたのは――下着姿で立ち尽《つ》くす、三人の女の子たちである。

「あ、あれ……？　天真《てんま》君……？」

一人は、当然雪音さん。色香《いろか》溢《あふ》れる紫色《むらさきいろ》の下着を身につけ、今にも破裂《はれつ》しそうな胸や、ミチミチに張ったお尻《しり》を隠す。そして、キョトンとした顔で俺を見ていた。

「そ、そんな……！　か、鍵《かぎ》は……？」

その右隣《みぎどなり》には、愛佳《あいか》さんの姿。大人っぽい艶《つや》やかな黒下着をつけていて、あたふたと動揺《どうよう》した素振《そぶ》りを見せる。

「…………っ！」

さらに雪音さんの左隣には、これまた見覚えのある少女。白いパンツとブラを着《つ》けた、ミディアムヘアーの女の子。おっとりとした顔つきの、昨日本屋で出会った少女……。

その子は俺と目を合わせ、茹《ゆ》で上がったように顔を赤くして固まった。

そして――

「きゃああああああああああああああ――――――――――――っ!!!」

ガラスが割れるような大声で叫《さけ》んだ。

※

「本当に、申し訳ございませんでした……」

事件の後、俺は室内にいた三人に土下座で許しを乞《こ》うていた。

俺としたことが……。緊張でノックするのを忘れてた……。

「あはは……。ちょっとびっくりしちゃったね～。もう少し遅《おそ》く来るかと思ってたよ～」

「ちゃんと鍵をかけておくべきでした……。不覚です……不覚不覚不覚不覚……」

呑気《のんき》に笑う雪音さんはともかく、愛佳さんが怖《こわ》すぎる。その目からはハイライトが消え、ブツブツと何か呟《つぶや》いている。

「いっそもう……天真様を消すしか……」

物騒《ぶっそう》なこと呟くの止《や》めて!

いや、でも……。一番問題なのは、もう一人いた女の子の方か……。

雪音さんたちと一緒《いっしょ》にいた、昨日本屋で出会った少女。

「……………」

彼女はさっきから無言のまま、ずーっと俺を睨《にら》んでいる。その目は昨日よりさらに鋭《するど》く、怒《いか》りの度合いがうかがえた。とりあえず、もっと謝らないとマズイよな……。

「あ、あの……。さっきはゴメ——」

「女の子の着替え覗《のぞ》くなんて、最低っ！」

謝罪しようとした瞬間、彼女が俺を指さして怒鳴《どな》った。

「土下座なんてしてるけど、本当にしっかり反省してるの!? そういうの、形だけの謝罪にも見えるんだけど！」

「そ、そんなことはない！ 本気で悪かったと思ってる！」

「その割には、誠意が足りない気がするよ？ 女子の裸《はだか》を見た割に、そんなに慌《あわ》ててなかったもん。実は喜んでたんじゃない？」

「違《ちが》う！ 断じて喜んでない！」

俺が比較《ひかく》的冷静だったのは、普段《ふだん》から下着や全裸《ぜんら》を見せてくる人が俺の身近にいるからです。不本意ながら、ハプニングには慣れているんです。

「やっぱり一条《いちじょう》君、ただの変態だったんだね？ いつも女子の着替えとかこっそり覗いているんでしょ？ ハプニングを装《よそお》って押し倒《たお》したりしてるんでしょ？」

「ち、違うからっ！　本当に誤解だ！　許してくれっ！」

もう一度土下座し、必死になって許しを乞う。ちゃんと誠意が伝わるよう、頭を床《ゆか》につける本気の土下座を披露《ひろう》する。

だがその途中《とちゆう》、一つの疑問が首をもたげた。

「ってか……何で俺の名前を知ってるんだ？」

それは昨日も抱《いだ》いた疑問。俺はいまだに彼女の名前を知らないのに、どうしてあっちは一方的に俺のことを知ってるんだろう？

「知ってるも何も……。一応私、クラスメイトだよ？　同じクラスの、布施円《ふせまどか》」

うげっ、マジかよ⁉　見覚えないと思ってたのに、まさかの同じクラスかい！　毎日顔合わせてんじゃねーか！

ってことはあの時、布施さんからしたら『素行の悪いクラスメイトを見かけたから、知り合いとして注意した』って感じだったのか。

しまったな……。そうとは知らず、生意気な態度をとってしまった。

その上今日は下着姿を見てしまったわけだし。こんなの印象最悪じゃねえか……。

「わ、悪い……。人の顔覚えるのって苦手で……。いつも勉強ばっかかしてるし……」

「ふん。別にいいもん。変態に覚えられても嬉《うれ》しくないから」

布施さんにとっての俺はもう、有害な変態であるらしい。

「あと、もう土下座とか止めてくれるかな？　誤解って言われても、全然信用できないからね。それに許す気なんてないよ？」

「うぐっ……。わ、分かったよ……」

そう言われては仕方ない。わだかまりが残るのは嫌《いや》だが、土下座を止めて立ち上がる。

しかし……今の生徒会メンバーは、俺を入れてこの四人なのか。

雪音さんと愛佳さんはいいとして、布施さんは本当に問題だな……。メンバーに不仲な人間がいたら色々と動きにくそうだし、どうにかして距離《きょり》を縮めておきたい……。

「すみません。天真様」

「ん？」

考えていると、愛佳さんが手招きしながら小声で俺のことを呼んだ。それに応《こた》え、彼女のいる部屋の隅《すみ》へ向かう。すると、単刀直入に聞かれた。

「生徒会に参加したのは、お嬢様《じょうさま》の秘密を守る為《ため》ですか？」

「よく分かりましたね……。その通りです」

さすが愛佳さん。俺の考えなどお見通しのようだ。

「最近の雪音さん、普段に輪をかけて淫《みだ》らですから。俺が側にいて止めようと思って」

「私も気になっておりました。天真様が動かなければ、私から相談していたはずです」

なるほど。それほど雪音さんの性癖が暴走しているということか。

「制服の上から体を亀甲縛《きっこうしば》りしたり、その状態で夕方の校舎を一人で徘徊《はいかい》してみたり、そんな姿を自撮《じど》りして、新たな快楽に浸《ひた》ったり……」

いくら何でもそれは暴走しすぎだろう。

「とにかく私もできる限り、天真様のサポートを致《いた》しますので。お嬢様のこと、どうかよろしくお願いします」

「分かりました。任せてください」

しかし、自分以外にも仲間がいるのはありがたい。それだけで気が楽になるからな。

「えっと……。とりあえず、顔合わせはこれで終わったかな？」

今まで様子を見ていた雪音さんが、俺たちに声をかけてきた。

「本当ならこのままゆっくり語り合いたいけど、そろそろ仕事を始めないとね。今日から天真君もいるし、文化祭まで皆《みんな》で頑張《がんば》っていこうね～」

「おー！」と、雪音さんが可愛《かわい》らしく手を上げる。俺たちもそれに合わせて拳《こぶし》を上げた。

「とりあえず、私は先生に呼ばれてるから職員室に行ってくるね。その間に円ちゃんは、天真君に仕事を教えてあげてくれるかな？」

「ええっ⁉」

俺への嫌悪《けんお》感を隠《かく》そうともせず、布施さんが絶望的な表情を浮《う》かべる。

「わ、私が……。一条君と二人きりで……？」

「うん。同学年で話しやすいと思うから。あと、この機会に仲良くなってもらいたくて」

険悪な俺たちの様子を見て、雪音さんなりに気を遣《つか》ってくれたのだろう。でもそれ、逆効果じゃないかなぁ……。むしろ気まずくなる予感がするよ？

「それに天真君、そんなに悪い子じゃないと思うよ？　だから、お願いできるかな？」

「うぅ……。ほんとはすごく嫌ですけど……。でも、雪音会長のご指示とあれば、命を懸《か》けて頑張りますっ！」

布施さんがやたらと大仰《おおぎょう》な返事で応える。

「そんなに気負わなくていいよ～。私たちもすぐに戻《もど》ってくるし」

「いえ！　会長の命とあらば、必ずや成し遂《と》げて見せまする！」

この子、雪音さんに多大なる敬意を抱いてるらしいな。口調がおかしくなってるし。

「あはは……。とにかくよろしくね？　それじゃあ、愛佳も一緒に来てくれる？」

「はい。お供いたします」

「会長に先輩《せんぱい》、ご武運を～！」

雪音さんと愛佳さんが、布施さんの見送りを受けながら出ていく。

と、その直前。愛佳さんが俺に小さく頷《うなず》いた。『お嬢様は任せろ』ということか。

まあ、愛佳さんが一緒にいれば雪音さんも大人しくするだろう。俺も小さく頷き返す。

そして部屋には、俺と布施さんの二人だけになった。

「え、えっと……。よろしく、布施さん」

「ふんっ」

俺ができる限りの笑顔《えがお》で言うと、布施さんは鼻を鳴らしてそっぽを向いた。

ああもう、やりにくい。これ、どうしたら仲良くなれるんだよ。そもそも本当に仕事教えてくれるのか？　なんか心配になってくる。

しかし彼女も、雪音さんからの命令を無視するわけにいかないのだろう。大きなため息をついた後、仕事の話を切り出してくる。

「それじゃあ……。私たちはまず普段の業務を片付けるよ」

「普段の業務？」

そうか。いくら文化祭期間といえども、日常的な仕事がなくなるわけじゃないんだな。

「とりあえず今日は、目安箱の投書を見るの」

「目安箱って……なんだっけ？」

「はぁ……。そんなことも知らないんだね？」

布施さんが「これだから変態は……」と言わんばかりの、呆《あき》れた眼《め》つきで俺を見る。

「校舎の各階に置いてある箱だよ。悩《なや》みとか、学校に対する要望とかを入れるための箱」

そういえば、階段の手前に置いてあったな。投書用のシートと一緒に。

「まずはそれを回収して、投書内容を確認《かくにん》するの。と言っても回収は終わってるけど」

見ると、机の上には各階から回収したと思《おぼ》しき投書用シートが並べられていた。その数およそ五十枚。思ったよりも集まっている。

「一条君には私と一緒に、投書内容をチェックしてもらうの。それで検討の余地がありそうな意見は、定例会議で議題に上げることになるから。生徒の意見に耳を傾《かたむ》けるとても重要な仕事だから、その自覚をもってお願いね」

「ああ、分かった。頑張るよ」

そういうことなら、気を引き締《し》めて取り組むとするか。真面目《まじめ》に仕事に取り組めば、布施さんの俺への評価も少しは上がるかもしれないし。

俺は早速《さっそく》、二つ折りになった投書シートを手に取って、要望の中身を確認した。

『雪音会長、大好きです！　いつも応援《おうえん》しています！』

「…………は？」

要望とかまるで関係ない、雪音さんへのファンレターが出てきた。

なんだこの投書。悪戯《いたずら》かよ。せっかく気を引き締めて仕事しようと思ったのに……。

俺はその投書を放《ほう》り投げ、別の投書もいくつか開く。……が。

「おいおいおい……。なんなんだ、これは」

投書の中身のほとんどが、雪音さんへのラブレターだった。

俺が確認したほぼ全《すべ》ての投書には、『大好きです！　デートしてください！』や『一度でいいので、俺と結婚《けっこん》してください！』など、雪音さんに対する告白文が狭《せま》い枠内《わくない》に記されていた。時には『はぁはぁ……何色のパンツ穿《は》いてるの？』『お風呂《ふろ》ではどちらの胸から洗いますか？』なんて内容もありやがる。こんなのただのセクハラだろ。

「ほんと……。おかしな投書が多いでしょう？」

なんだか苛立《いらだ》たしげに言う布施さん。

「私、こういうの嫌《きら》いなの！　こういう投書をする人って、それを見た人がどれほど不快な思いをするか想像できてないんだもん！　第一、当初箱はセクハラのためのものじゃないからね!?　生徒たちが自らの力で学校を良くするための物なのに！　これだからエッチなことしか頭にない変態連中は嫌いなの！　もちろん一条君も含《ふく》めて！」

わざわざ言い足すあたり、俺の好感度はかなり低いらしい。

しかしこの子、どうやら変態的な人間に対して厳しい意見を持っているようだな。

まあ、普通《ふつう》の女子高生ならこういう反応にもなるか。俺の身近にいる三人がおかしな感性をしているだけで。むしろこの子の方が遥《はる》かに、健全な常識人と言えるだろう。

「とはいえ……正直一部なら私も気持ちが分かるんだけどね。セクハラ系は論外だけど、こういうファンレターみたいなものなら」

「え……？」

言いながら、一枚の投書を手にする布施さん。それは俺が最初に手にした、雪音さんへのシンプルな応援メッセージが書かれた投書。

「なんでこういうのはいいんだ？　どっちにしろ、目安箱の正しい使い方じゃないだろ」

「だって雪音会長、ものすごく魅力《みりょく》的だもん！」

おや……？　なんだか急に、布施さんの目に熱が宿った。

「会長ってね、ほんとに格好良《い》い先輩なんだよ？　仕事は速いし、その上丁寧《ていねい》！　どんなことだってそつなくこなすし、ミスだって一つもないんだから！」

「へ、へぇ……。そうなのか……」

「前に和式トイレの洋式化の希望が生徒たちから上がった時もね？　渋《しぶ》る教頭先生たちを巧《たく》みな弁舌で説得して、改修を決定させたんだよ！　数代前の生徒会からずっと議題に上がっていた古いロッカーの買い替《か》えについても、雪音さんが会長になってようやく話が通ったの！　歴代の生徒会長で一番優秀《ゆうしゅう》な人物だって、校長にも褒《ほ》められたんだって！」

それは、凄《すご》いな……。主に布施さんのテンションが。

「それでいて、すごく優《やさ》しいの！　怒《おこ》ったりしないし、困ったことがあったら必ず何とかしてくれる！　私が書類を無くしちゃったときも、一緒《いっしょ》に先生に謝ってくれた……！」

キラリと瞳《ひとみ》を光らせる布施さん。え、この子泣いてる？　そんな感動するほどのこと？

「とにかく私は、雪音会長のことが大好き！　昔から憧《あこが》れの存在なの！　私が生徒会に立候補したのも、会長と一緒にいたかったからだもん！　だから会長を好きすぎて投書に愛を綴《つづ》っちゃう気持ちは、大いに理解できるかな。もちろん、私はしないけどね？」

「な、なるほど……。そうなんだ……。はは……」

この布施とかいう子、雪音さんのこと愛しすぎだろ。もうこれ、まるで信仰《しんこう》じゃん。雪音さんに憧れてる人が多いことは知ってたが、まさかここまでの猛者《もさ》がいるとは……。

でもその半面、この布施さんはとても危険だ。

これほど雪音さんを思っている子が、もしも彼女の性癖《せいへき》を知ったら、どんなことになるか分からない。最悪の場合すっかり雪音さんに失望し、彼女のドM性癖を皆《みんな》に言いふらす可能性もある。この子はそもそも変態な人に多大な抵抗《ていこう》があるようだしな。

雪音さんの秘密を知られないよう、彼女には特に注意しておくことにした。

※

「それじゃあ、今から会議を始めるよ〜」

しばらくの間布施さんと仕事をしていると、雪音さんたちが職員室から戻ってきた。

その流れで、いよいよ文化祭に関する仕事が始まる。席につき、四人で向かい合う。

「さてと……。今から話し合うのは、文化祭の出し物についてだね。私たち生徒会が何をするか、この場で決めたいと思います」

雪音さんが今日の議題を口にした。

「え？　生徒会も文化祭で何かやったりするんですか？」

意外に思って口にすると、愛佳さんが答えてくれる。

「もちろんです。他のクラスと同じように、お店や展示などを行うことになっています」

そうだったのか。生徒会の仕事って、全体の準備だけじゃないのか。

「お二人とも、何かやりたいことはありませんか？　どんなことでもいいですよ」

続けて彼女が、後輩《こうはい》の俺と布施さんに尋《たず》ねる。

「俺は別に、希望とか無いですね。文化祭自体そんなに興味ありませんし」

「え～っと……私はちょっと迷います。普通に屋台とかもやってみたいし、何か皆で発表みたいなこともしたくて……。例えば、軽音ライブとか」

布施さんは俺と違《ちが》い、色々と希望があるようだ。

「ちなみに、会長たちは去年なにをやったんですか？　ちょっと参考にしたいです」

「去年は生徒会室を使って、コスプレ喫茶《きっさ》をやったかな。アレは結構楽しかったよ～」

ほわほわした笑顔で雪音さんが言う。

「と言うより、ここ数年の生徒会は例年コスプレ喫茶ですね。半ば慣例化しています」

コスプレ喫茶か……。なんか生徒会に似合わず軽い感じだな。個人的には、生徒会って『青林《せいりん》高校の歴史』みたいな硬派《こうは》な展示をする印象だ。あくまで俺のイメージだけど。

「こ、コスプレ喫茶……！」

キラッ！　と布施さんの目が光った気がした。

「それ、いいです！　コスプレ喫茶、大賛成です！」

「え、いいの？　でも、屋台とか軽音ライブとかは？」

「そんなのいいです！　だって雪音会長のコスプレなんて、超可愛《ちようかわい》いに決まってますもん！　見たいです！　超見たいです！　そのためだけにコスプレ喫茶をやりましょう！」

布施さんはまるで甘えたい盛りの猫《ねこ》のように、雪音さんの元へすり寄っていく。

「そうだ！　去年の写真とかないんですか⁉　雪音会長のコスプレ姿！」

「あ、うん。多分あると思うよ。スマホに皆で撮《と》った写真が……」

スマホを操作し、布施さんへ向ける。チラッと見えたのは、メイド服姿の雪音さんだ。

「はわぁぁ〜〜！　雪音会長、さすがです！　メチャクチャ可愛いじゃないですかー！」

「そ、そんな大げさだよ……。確かに衣装は可愛いけど……」

「いえ！　これは衣装の力じゃありません！　会長自身の可愛らしさです！」

ほんとにもう、雪音さんへの憧れだけで生きてるな。この人。

「そ、それじゃあ……。今年の生徒会も例年通り、コスプレ喫茶をやることにしよっか」

「では、肝心《かんじん》の衣装《いしょう》はどうしましょう？　新しく何か考えますか？」

「そうだね。明日までにそれぞれで、着たい衣装とか考えてこようか。無ければ適当にクジで決めちゃって、明日中に被服部《ひふく》に依頼《いらい》に行こ〜」

どうやら、服は買うのではなく被服部の協力を仰《あお》ぐらしい。

「あ、会長。聞きそびれていましたけど、さっき私たちの体を採寸したのは……」

採寸？　ひょっとして、さっき皆が下着姿になってたのって、体のサイズを測るためなのか？　そういえばあの時、雪音さんがメジャーを持ってた気もするし……。

「うん。どの出し物をするにしても、可愛い衣装は用意しておきたかったからね。またコスプレ喫茶になる可能性もあったたし、早めに測っておこうと思って」

「さ、さすがの仕事の手早さですす会長！　あの時点でそこまで考えていらしたとはっ！」

雪音さんの読みを知り、また布施さんが感激する。彼女は大好きな恋人《こいびと》にするかのような豪快《ごうかい》なハグを雪音さんにかます。

「さすがです会長！　大好きです！　一生崇拝《すうはい》していきます！」

「あ、あはは……。ありがとね……？」

どんだけ雪音さんに懐《なつ》いてるんだよ……。雪音さん、若干《じゃっかん》引いてるぞ？

ともあれ、女子三人がわいわいがやがや話している内に、大体のことは決まっていった。

「じゃあこれで会議は終わりかな。今日は急ぎの仕事もないし、皆《みんな》は先に帰ってて〜」

「え？　皆はって……雪音さんはどうするんですか？」

「私はもう少しだけお仕事があるから、ここに残って片付けてくよ」

「そんなっ！　私も手伝いますっ！　会長にだけ大変な思いをさせられません！」

布施さんが全力で雪音さんに気を遣《つか》う。しかし――

「大丈夫大丈夫《だいじょうぶ》。それに皆、クラスの出し物のお手伝いだってしなきゃでしょ？」

「う……。それは確かに……」

「愛佳も私の代わりに、クラスの方をよろしくね？」

「……かしこまりました。お任せください」

愛佳さんも雪音さんを手伝いたそうにしていたが、そう頼《たの》まれたら断れない。

二人は結局「すみません！　明日からまた頑張《がんば》ります！」「クラスの出し物はご心配なく」と、雪音さんに言い残して去っていく。

そして残ったのは、俺と雪音さんの二人になった。

「天真君も、自分のクラスに戻《もど》っていいよ？　円ちゃんと同じクラスみたいだし、一緒に戻ったほうがいいでしょ？」

「いや、俺は大丈夫です」

クラスの準備なんて元々参加する気は無い。俺にはそれ以外にやることがあるんだ。

「その代わりに、俺にも仕事をやらせてください。雪音さんの仕事、手伝います」

「え？」

雪音さんが一人で仕事に忙殺《ぼうさつ》されれば、それが彼女の性的快感に繋《つな》がってしまう。そうなると雪音さんはまた、学校でドＭプレイに興じるだろう。

それを阻止《そし》するためには、俺が仕事を手伝って負担を軽くする必要がある。

「天真君……。もしかして、また私のこと心配してる？」

「まぁ……。そういうことですね」

あなたが学校でエロ行為《こうい》をしないか、心配で夜も眠《ねむ》れません。

「わ～！　優しい～！　天真君優しい～！」

「ぶべっ⁉」

雪音さんが唐突《とうとつ》に俺を抱《だ》きしめた。肉感的で柔《やわ》らかい体が、俺をムギューと包み込む。

「天真君、本当にいい子だね～。ご褒美《ほうび》になでなでしてあげる～」

「ゆっ、雪音さん！　そういうの止《や》めてくださいって！　もう何回も言ってますよね⁉」

「あはは。照れちゃって可愛いなぁ～。まさか天真君……私のコト、好き？」

「んな……っ⁉」

「わ～！　真っ赤になってる！　ますます可愛いー！　私も天真君のコト好きだよー！」

だ、ダメだ……。完全に弄《もてあそ》ばれている……。

「私のことは大丈夫だから。天真君は、気にせずクラスに戻っていいよ～」

「ぐっ……！」

まるで小さな子供にするように、優しく頭を撫《な》でてくる。

これはいつも通り、俺をからかって煙《けむ》に巻く気だ。一度こうやって雪音さんのペースに入ったら、もう俺には手伝わせてくれないぞ。早く何とかしなければ……。

いや、待てよ？　だったら、一度雪音さんの言うことを聞いたフリをして出ていって、すぐ戻ってくればいいのでは？

それなら雪音さんが一人の時に生徒会室で何をしているか、じっくり見物することもできるし。ひょっとしたら、案外真面目《まじめ》に仕事を頑張っているのかも……。

そうと決まれば、ちょっと観察してみよう。

「分かりました……。それじゃあ、俺もクラスに戻りますね？」

「うんっ！　クラスの準備、頑張ってね！」

「くれぐれも一人だからって、変なコトはしないでくださいよ？　まさか心置きなくＳＭプレイを楽しむために、俺を遠ざけようとしてるなんてことは……」

「そ、そんなことあるわけないよ！　ちゃんと真面目にお仕事するよっ！」

雪音さんの頼もしい返答を受け、俺は荷物を持って生徒会室の外へ出る。その後階段の前まで移動し、すぐ生徒会室へ引き返す。

そして雪音さんにバレないように、こっそり教室の引き戸を開けた。

「さて、と。頑張って終わらせちゃわないと～」

雪音さんは椅子《いす》に座りながら「ん～っ！」と大きく伸《の》びをする。

どうやら、俺の期待通り真面目に仕事を始めるようだ。これはとてもいい傾向《けいこう》だぞ。

そして彼女は立ち上がり、棚《たな》からマスキングテープを取って、自分の手足を緊縛《きんばく》した。

ん……？　自分の手足を緊縛した……？

「んんっ……。はぁはぁ……！　縛《しば》られちゃうの、ゾクゾクするよぉ……！」

やっぱりSMプレイか――――――――いっ！

ほらな～！　あーもう！　やると思ったわ～～！　絶対やると思ったわ～～～！

あの人、周囲に誰《だれ》もいなくなった途端《とたん》、早速《さっそく》プレイ始めてんじゃねーか！　仕事はどこに行ったんだよ⁉

「あんっ……！　ひゃあっ……！　んぅ……ふぁあん……！」

いや、待て……？　ちょっと様子がおかしい。雪音さんが手足を緊縛した状態のまま、もう一度椅子に座ったぞ？

さらに彼女は小さな口で、机上に置いてあったシャーペンを咥《くわ》える。

そして――信じられないほどの速度でペンを書類に走らせた。

「な……なにィ⁉」

「あうぅ……！　ひゃっぱり、ふれいひながららとはかろるよぉ……（やっぱり、プレイしながらだと捗《はかど》るよぉ……）」

な……な……なんてことだ……！

雪音さん、ＳＭプレイをしながら高速で仕事をこなしてやがる！

あり得ない速さで書類にサインを書き綴《つづ》り、すぐ次の書類に手を伸ばす彼女。溜《た》まっていた書類の山が、次々に消えてなくなっていく。

ってか、なんであのペンの持ち方でまともに文字が書けるんだよ⁉　よく手足緊縛したまま仕事ができるな！　もう人間技《わざ》じゃねえだろアレ！

多分この人、忙《いそが》しさや緊縛による苦しさを、全《すべ》て性的興奮や集中力に変えているんだ。普《ふ》通《つう》の人なら嫌《いや》がることを、全てポジティブに捉《とら》えてやがる！　きっと彼女は変態行為をしているほうが、仕事に集中できるのだろう。

これは凄《すご》い！　凄いけど……誰かに見られたらどうすんだよっっっ！

やっぱりこの人、生徒会が繁忙《はんぼう》期なせいでいつもより性欲が高まってやがる！　見られるリスクも顧《かえり》みずに、一人で仕事して忙殺されつつプレイを全力で楽しんでやがる！

これはもう、意地でも俺が手伝って負担を軽くしないといけない！

俺はわざと大きな音を立てて、生徒会室の扉《とびら》を開いた。

「はうっ！　天真君⁉」

驚《おどろ》いてこちらを振《ふ》り向く雪音さん。

「あ、あの……これは、違うのっ！　ちょっとテープが絡《から》まっただけで……！」

さすがにバツが悪いのか、言い訳をする雪音さん。俺はそんな彼女に微笑《ほほえ》みつつ言う。

「雪音さん……。俺もお仕事、手伝いますね？」

「はぃ……」

雪音さんは、力なく首を縦に振った。

※

雪音さんを手伝うことになった後。俺は彼女の向かい側で一緒《いっしょ》に仕事をし始めた。

今やっているのは、文化祭で必要になる各種書類の制作だ。ポスターや宣伝用のプリントなどを、パソコンを使って手分けして作る。

「～～～♪」

「……雪音さん、思ったより楽しそうですね」

鼻歌交じりにキーボードを叩《たた》く彼女を見て、俺は思わず口にした。

「うん！　だってもうすぐ文化祭だもん！　仕事は多いけど、楽しみながらやってるよ」

やっぱり雪音さんも、文化祭は普通に好きなのか。

「天真君はどう？　文化祭、楽しみじゃないのかな？」

「まあ……。俺は別に、好きじゃないんで」

「え〜⁉　どうして？　文化祭、すごく楽しいのに〜！」

作業の手を止め、身を乗り出して雪音さんが訴《うった》える。

「だって、時間の無駄《むだ》でしょう。俺たち学生には、他《ほか》にやるべきことがありますし」

「そんなこと言わずに楽しもうよ〜。せっかくの行事なんだから、満喫《まんきつ》しないと損だと思うよ？　私なんて、毎年心待ちにしてるんだから」

「まあ、どう感じるかは人それぞれだと思いますけどね」

でもやっぱり、自分も文化祭を楽しもうとは思わない。そもそもこんなことでもなければ、文化祭の準備に参加することすらなかったはずだ。

いや、そんなことはどうでもいい。それより、本来の目的を進めないと。

「あの、雪音さん。少し聞いてもいいですか？」

「え？　なにかな？」

二人きりでいるこの機会に、雪音さんの性癖《せいへき》について聞き取り調査をしておきたい。

そのために多少躊躇《ちゅうちょ》しつつも、彼女に直接聞いてみる。

「雪音さんって、どうしてドMになったんですか？」

「え？」

雪音さんが手を止め、こちらを見る。

「どうしてって……どういうこと？」

「雪音さんがドMになった原因って、何だったのか気になりまして……。もしもきっかけとかあれば、教えてもらいたいんですけど……」

性癖をちゃんと消すためには、できるだけ多くの情報が欲《ほ》しい。だが——

「う〜ん、それは……。ごめん。私にも分からないなぁ」

「分からない……？」

「うん。物心ついたら、もうドMの雌犬《めすいぬ》だったと思う」

自分で雌犬とか言うなよ。

「それじゃあ……いつ頃《ごろ》性癖に目覚めたかとかは？」

「えっと……。それも覚えてないかな〜」

マジか……。ってことは、自分でも何も分からないのか？

それ以外にも「最初にプレイをしたのはいつか」「なぜ性癖に気付いたか」など幾《いく》つか質問をしてみたが、彼女は「分からない」「覚えてない」と、首を横に振るだけだった。

これは、花鈴《かりん》の時より圧倒《あっとう》的に情報が足りない。性癖のルーツが詳《くわ》しく分かれば、そこから直す方法を考えられるかと思ったが……。これでは手詰《てづ》まりもいいとこだ。

――くっ。現段階で雪音さんの性癖を克服《こくふく》するのは、難しいということか。

「分かりました……。変なことを聞いてすみません」

「ううん、いいよ～。こっちこそ、うまく答えられなくてごめんね？」

こうなったら、今は雪音さんが校内で暴走しないよう、しっかり監視《かんし》しておくしかない。

そして一人で忙殺されないよう、俺がサポートするしかない。

「あの、雪音さん……。俺、もっと雪音さんの力になりたいです」

「え……？」

「何か俺にできることがあれば、何でも相談してください。一人で全部抱《かか》え込まずに、俺に手伝わせてくださいね？」

真摯《しんし》な気持ちが伝わるように、一言一言に心を込《こ》める。

俺が毎日雪音さんの仕事を手伝えば、きっと彼女の性癖も今より抑《おさ》えられるだろう。そのためにも、俺は身を削《けず》る覚悟《かくご》で彼女に尽《つ》くしていこうと思う。

「天真君……ありがとう」

するとその気持ちが伝わったのか、雪音さんが口を開いた。

「それじゃあ……。一つだけお願いしてもいい？」

早速申し訳なさそうに、俺の顔色を窺《うかが》って尋《たず》ねる。

「は、はい！　なんでも遠慮《えんりょ》せず言ってください！」

「ありがとう……。実は、ちょっと手伝ってほしいことがあって……」

雪音さんが鞄《かばん》に手を入れる。そして中から何かを取り出し、俺に向けて差し出した。

それは――――リードが付いた犬用の首輪。

「私と、お散歩プレイをしてほしいの☆」

いや、そういうことじゃないんだけどーー！　そっちの手伝いじゃないんだけどーー！

「この首輪を私につけて、それで一緒に校内を回って？　雌犬な私と、お散歩して？」

頬《ほお》を赤らめ、はぁはぁと息を荒《あら》らげながら、雪音さんがおねだりしてきやがる。

いや、力になりたいと言ったけど！　相談してとは言ったけど！

なんでそっち側に行っちゃうかなあああ！　エロい方ばっか行っちゃうかなあああ！

「あの、雪音さん！　そうじゃなくて！　俺が言ってるのは、生徒会の役員として仕事を手伝うということで……」

「天真君には役員より、ご主人様になってもらいたいの。ドMな私を躾《しつ》けてほしいの」

熱く潤《うる》んだ瞳《ひとみ》を向けて、雪音さんが懇願《こんがん》してくる。

「それに天真君、前に約束してくれたでしょ？『性癖が直るまでの間、エッチな気持ちを発散するのに付き合う』って」

「うっ……！」

それは……確かに約束した。そして一応その覚悟もある。

でもそれは、家での話だろ⁉　何で学校でエロ行為《こうい》に付き合わなくちゃいけないんだよ！　バレたらどうするつもりだよ⁉

「ねぇ、お願い天真君。このままだと私、欲求不満で頭がおかしくなっちゃいそう……」

「う、うう……」

いや、いくらそんな目でお願いされても、学校では危険すぎるだろ……。

だが、待て。雪音さんをこの状態のまま放置するのは、もっと危険な気がするぞ。今雪音さんの願いを拒否《きょひ》したら、俺のいないところで性欲が爆発《ばくはつ》しそうだし……。

それならば、こうなった以上は俺が発散させるしかない。この状態の雪音さんを、他の誰かに見られる前に……！

「分かりました。ただし、生徒会室でだけですよ！　さすがに校内一周は無理です！」

「あ、ありがとう！　ご主人様っ！」

そう言い、雪音さんがその場にしゃがみ込む。そして両の手首を曲げて、犬のような姿勢をとった。しゃがんだ体勢で股《また》を大きく開いているのが、官能的でしょうがない。スカートの中からさっきと同じ紫色《むらさきいろ》のパンツが見えた。

「私いま、すごく恥《は》ずかしい格好してる……！　でも、犬だからしょうがないよね？」

心の底から嬉《うれ》しそうに言う雪音さん。そして彼女は、もう一度俺へ首輪を差し出す。

「はあ……はあ……。ご主人様……。私に首輪、つけてください……！　あなたの雌犬にしてくださいぃ……！」

「くっ……！」

ドMなセリフに困惑《こんわく》しながら、俺は泣く泣く雪音さんの手から首輪を受け取る。

そして抵抗《ていこう》感と必死に戦い、彼女の首にソレをつけた。

「んぁうっ！　私、ご主人様に飼われちゃった！　卑《いや》しいペットになっちゃったぁ！」

その場で四つん這《ば》いになり、彼女は俺を見上げながら、潤んだ目でおねだりをしてくる。

「ご主人様ぁ……！　このまま私とお散歩して？　恥ずかしい雌犬に、ご褒美《ほうび》を頂戴《ちょうだい》？」

「……本当に、少しだけですよ……？」

リードを持ち、俺は彼女の後ろに立つ。すると雪音さんは四つん這いのまま、ゆっくりプレイを開始した。広い生徒会室を、大きく一周する感じで歩く。

「はぁん……！　夢にまで見たご主人様とのお散歩プレイ……！　こんなの、恥ずかしくて死んじゃいそう……！　でも、とっても気持ちいい……！」

まるで尻尾《しっぽ》を振るかのように、大きなお尻《しり》を突《つ》き出して左右に揺《ゆ》らす雪音さん。その表情は茹《う》だるように火照《ほて》り、熱い吐息《といき》が漏《も》れている。

「わんわんっ！　私は、ご主人様の雌犬ですっ。変態でドMな雌犬だワン！」

意味もなく自分を貶《おとし》め始める。きっと彼女はそのたびに、性的興奮を得ているのだろう。

……なんかもう、目から汗《あせ》が出てきた。本気でお家《うち》帰りてぇ……。

しかし、一度引き受けた仕事を途中《とちゅう》で止《や》めるわけにはいかない。俺はリードを持ちながら、ゆっくりと歩く雪音さんに付きそう。

そして五分ほどの時間をかけて、俺たちはようやく部屋をぐるりと一周した。

「はあ……やっと終わったか……」

これでさぞかし、雪音さんも満足しただろう。よし。あとは残った仕事を片付けて、さっさと家に帰るとしよう――

「あんっ……。お散歩、楽しすぎる……。ご主人様ぁ……もっと、もっとぉ……」

うわぁ……。この人、さっきよりも興奮してる。

「いや、ダメですから！　もう部屋一周したでしょう！」

「それだけじゃ、まだ足りないもん……！　もっと私を辱《はずかし》めて……？」

どうやらお散歩プレイのせいで、余計に性欲が高まってしまったようである。こんなのもうどうしようもないだろ。

「ご主人様ぁ……お願いします……！　廊下《ろうか》でもお散歩プレイしよ？」

「だからダメですって！　約束したでしょ！　プレイはこの部屋の中だけです！」

「でも、これじゃ収まらないの……！　私、お外でお散歩したいワン！」

そう言い、あくまで四つん這いのまま、雪音さんが扉《とびら》の外へと駆《か》ける。リードを持っていたせいで、俺も彼女に引っ張られた。

「あっ！　ちょっと待ってくださいよ！」

ヤバイ！　この姿を誰《だれ》かに見られてはいけない！　早く雪音さんを止めないと！

そう俺が思ったのと同時。

雪音さんが外に出るより早く、生徒会室の扉が開いた。

『!?』

驚《おどろ》き、動きを止める雪音さんと俺。そして、誰かが入ってくる。

「雪音会長、まだいますかー？　クラスの仕事が終わったので、お手伝いに来ましたーー
……って、え……？」

扉を開けて現れたのは、生徒会役員の布施円さん。

そして彼女が見たものは、四つん這いになって首輪をつけた雪音さんと、リードを持つ俺の姿だった。

「…………」

『…………』

や、やばい……。

バレたバレたバレたバレた――――――――！

頭の中で大音量の警報が鳴る。よりにもよって、決定的瞬間《しゅんかん》を見られてしまった。雪音さんが首輪をつけて、お散歩プレイをしている光景。こんなの絶対に言い訳できない。

雪音さんもこの状況《じょうきょう》に深く絶望したのだろう。顔色がサーッと青くなり、お散歩中の体勢のまま布施さんの方を見つめている。

一方、布施さんは突然《とつぜん》のことで状況を理解できないようだ。入った時と同じ姿勢で、岩のように固まっている。

しかし数秒後、布施さんが動いた。彼女は驚きの表情を、次第に怒《いか》りへと塗《ぬ》り替《か》える。エロいことを嫌《きら》う彼女らしい。変態行為への嫌悪《けんお》感が、ありありと表情に表れていた。

これは、もう……終わったな。ここまで来たら諦《あきら》めるしかない。雪音さんが変態であることを認めるしかない。そして失望されるしかない。

俺が観念するのと同時に、布施さんがこちらへ歩いて来た。肩《かた》を怒らせ、大きな足音を立てながら。そして俺たちに近づいて、大きく右手を振《ふ》りかぶる。

雪音さんの小さな悲鳴。まずい！　まさか雪音さんを叩《たた》く気か⁉

慌《あわ》てて二人の間に入ろうとする。しかし俺が動くよりも前に、布施さんの平手が振り下ろされた。──迷いなく、俺の頬《ほ》っぺたに。

「ひゃっ……！」

「……え？」

『パァン！』と乾《かわ》いた音が鳴り、叩かれた衝撃《しょうげき》で顔が横を向く。後からジンと痛みが滲《にじ》み、頬が赤くなっていくのが分かる。

あ、あれ……？　叩かれたの、俺……？

「一条君──最ッッ低‼」

俺が困惑していると、彼女が俺を睨《にら》みながら言った。

「え……何で……？　何で俺……？」

「雪音会長がこんなことしてるの、一条君がそそのかしたからでしょ⁉　この痴漢《ちかん》！　変態！　女の敵っ！」

え……え？　何だ？　この状況……。

布施さんのセリフから察するに……ひょっとして俺、勘違《かんちが》いされてる？

この光景を見ても布施さんは、『雪音会長が変態だった』という事実には気が付かなかった。その代わり、『変態な一条君が雪音会長を虐《いじ》めてる』って解釈《かいしゃく》したということか？

な、なんだ……。助かったー！　雪音さんの秘密は守られた――――！

「何ニヤニヤしてるの！　この変態！」

いや、助かってねぇ！　この状況アカンて！　俺がガチの変態だと思われてるぞ！

「い、いや違う！　待ってくれ布施さん！　俺は決して変態じゃ――」

「黙《だま》れバカ！　話すな近づくな汚《けが》らわしい！」

大げさなほどに後ずさりをして、自分の体を抱《だ》く布施さん。

「この破廉恥《はれんち》ドスケベ変態男……っ！　さすがに、ここまでの人とは思わなかった……！」

彼女は声を震《ふる》わせて、これ以上ないほどの怒りの気持ちを込《こ》めて言う。

「私、そういう人大っ嫌い！　もう二度と話しかけないでねっ！」

「ううっ！」

彼女の言葉がナイフとなり、俺の心に突き刺《さ》さった。

布施さんは傷つく俺を無視して、側《そば》で四つん這いになっていた雪音さんの元に寄る。

「雪音会長。もう大丈夫《だいじょうぶ》ですからね」

「え……え？　あの、えっと……？」

「さ、一緒《いっしょ》に帰りましょう。あんなこと、すぐに忘れましょうね」

いまだに何が起きているか分からず、布施さんと俺を交互《こうご》に見比べる雪音さん。

布施さんはそんな彼女の手を取り、首輪を外して捨てた上で、部屋の外へと連れていく。

そして最後に、部屋の扉を閉める際——

「キモ……。早く死んでくれる？」

俺にかけられたその言葉は、凍えるほど《ここ》に冷たかった。

※

「やっぱり……文化祭なんて嫌いだ……」

帰宅後、さっき叩かれた頬《ほお》をさすりながら、俺は食卓《しょくたく》へと着いた。

俺がこんな目に遭《あ》ったのも、文化祭なんかがあるからだ。文化祭があるから生徒会が忙《いそが》しくなり、雪音さんのドMが悪化して、俺が生徒会に入らなければいけなくなった。

そして俺が変態だと、布施さんに間違われることになった。

「天真君、大丈夫……？　私のせいで、ごめんなさい……」

雪音さんが料理を運びながら謝ってきた。ちなみに今日はハンバーグらしい。

「いえ、そんなに気にしないでください。もう痛みはあまりありませんから」

まあ……雪音さんの性癖《せいへき》がバレるよりは、叩かれる方がマシだったけどな。ほんと、布施さんの信仰《しんこう》が本物でよかった。アイツ雪音さんのこと信じすぎだろ。

「でも……やっぱりエッチなことって、あんな風に嫌悪されちゃうんだね……」

しゅん、と落ち込む雪音さん。

うわ、どうしよう……。確かに布施さんのあの言葉を聞いたら、本当に変態な雪音さんとしては、まあまあショックを受けるよな……。

「いや、まぁ……。さすがにアレは過剰《かじょう》反応だと思いますけどね……」

「ほ、ホント……？　天真君は、エッチな私も嫌いじゃない……？」

「…………」

「どうして黙って目を逸《そ》らすのかな⁉」

いや、だってそれは……。俺も性癖は直してほしいし。

なんて二人で騒《さわ》いでいると――

「あ、雪姉。もうご飯できたの？」

「わ～！　ハンバーグ美味しそう！」

匂《にお》いにつられてか、月乃《つきの》と花鈴が呼ばれる前にやって来た。

「あ、二人とも早いね～。もうできてるからちょっと待ってね？」

雪音さんが残りのお皿をテーブルに運ぶ。そして皆《みんな》で席に着き、早速《さっそく》食事を開始した。

「みんな、ゴメンね？　最近帰りが遅《おそ》くなっちゃって。文化祭の準備が忙しくて……」

「そんなん全然大丈夫だって。アタシも花鈴も分かってるから」

「それより文化祭と言えば！　お姉ちゃんたち、クラスでどんな出し物するの？」

ハンバーグをほお張りながら、わくわくした様子で花鈴が聞く。

「ちなみに、花鈴のクラスは屋台だよ！　じゃがバターとじゃがチーズを作るの！」

「それいいね！　私は生徒会でコスプレ喫茶《きっさ》を開くから、当日はそっちメインかな～」

「うわ……。またコスプレ喫茶とかやるの……？」

月乃が若干《じゃっかん》引いたように言う。

「あれ？　月乃ちゃんはそういうの嫌い？」

「だってなんとなくオタクっぽくない？　そういう店行く人、キモイ感じするじゃん」

嫌悪感を少しも隠《かく》さず、月乃は表情を歪《ゆが》ませる。

「でも、花鈴はそういうお店も好きだよ？」

「え？」

「前に友達と、アキバのメイド喫茶に行ったもん。すっごく楽しかったよー！」

「め、メイド喫茶……？」

「でも、お姉ちゃんみたいに感じる人も多いかも。やっぱり、花鈴もキモイかな……？」

「い、いや……！　花鈴は別にキモくないからっ！」

なんだかんだで、月乃は花鈴に甘かった。

「ところで、天真君のクラスは何やるの？　……って、月乃ちゃんと同じクラスだよね」

「あー、そうですね……。ってか、俺たちのクラス何やるんだっけ？」

「は……？　アンタ、覚えてないの……？」

月乃が信じられないものでも見るような視線を向けてくる。

「ああ。俺、基本的にそういうの興味ないからな」

俺は毎年、文化祭には参加しない。皆勤賞《かいきん》を狙《ねら》うため一応出席だけするが、図書室などの静かな場所で延々と自習するだけだ。当然準備期間中もまともに手伝うことはない。

「ふーん。馬鹿《ばか》みたい。つまんないヤツ」

「ぐっ……！」

シンプル故に心に刺さる悪口をいただく。

そして月乃は露骨《ろこつ》に俺から視線を逸らして、雪音さんの方を見て話す。

「アタシたちはアクセサリーを作って売るの。材料さえあれば、レジンとかで作れるから」

「そうなんだ～！　月乃ちゃん、そういうの得意だもんね～」

「まーね。クラスの皆にも、割と頼《たよ》られてるカンジ」

そう言って、得意そうな顔をする月乃。

だがその日、俺と月乃がそれ以上言葉を交《か》わすことはなかった。

※

やっぱり月乃、明らかに俺を避《さ》けてるよなぁ……。

翌日の授業中、俺は前の方の席に座る月乃を見ながら、食卓での態度を思い出していた。

学校だけなら、変な噂《うわさ》を立てられないために俺を避けようとするのも分かる。しかし家でもあんな風にキツイ態度をとられるのは、まったくもって謎《なぞ》だった。

……俺、ホントに何かしたのかな……？

授業中はいつも集中している俺だが、今は月乃のことが気になってしまう。ついつい、目が彼女の方を見てしまう。

「えー。では、動物の発生についてだが。卵巣にある卵原細胞《らんげんさいぼう》は体細胞分裂《ぶんれつ》により、一次卵母細胞になる。また、この一次卵母細胞は――」

「………」

月乃は生物教師の話に耳を傾《かたむ》けて、真面目《まじめ》にノートを取っていた。

カリカリとノートにペンを走らせ、教科書をめくり、深くて熱い吐息《といき》を漏《も》らす。

……ん？　深くて熱い吐息を漏らす……？

「ふーっ……ふーっ……」

なんか、月乃の様子がいつもと少し違うような……？

頬がうっすらと赤くなり、太ももをもどかしげに擦《す》り合わせてる。

あれ……？　これって、もしかして……？

「ん……んんっ……！　あっ……ひうっ……！」

この子、授業中に発情してる⁉

ナンデ⁉　ナンデ発情シテルノ⁉　誰《だれ》も触《さわ》ったりしてないヨネ⁉

「えー。続いては、雄《おす》の精子についてだが——」

「せ、精子……⁉　んあっ……！　はぁはぁ……」

うわ、そうか！　こいつ、授業の中にちりばめられたエロ単語で発情してるのか！

おいおい、嘘《うそ》だろ！　こんなことで興奮すんのかよ⁉　男子中学生かコイツは！

「あっ……あっ……！　んあ……っ！　ひゃうぅ……！」

「おい、神宮寺《じんぐうじ》。どうかしたのか？」

先生が月乃の異変に気が付きやがった！

「……っ！　い、いえ……！　なんでもっ……ありません……！」

「そうか？　では、次のページを読んでもらおうか。受精のしくみについてだな」

「じゅ、受精……⁉」

あ、これマズイぞ……！　受精なんて聞いたら月乃は……！

「じゅ……受精とは、雌雄《しゆう》の生殖《せいしょく》細胞が、んっ……。合一を、することであり……はぁん……。動物では……せ、せ、精子と卵が合体し……接合子、となることで、ある……！」

やっぱりアイツ、絶対にエロいことを想像してる！　具体的な行為《こうい》を想像している！

「と、特に……せせせ、精子を雌《めす》の体内に送る方法を……た、体内……受精……と言う……。はぁっ……はぁっ……！」

月乃の吐息が、どんどん甘い色を帯びていく。

「一方……体外で、行う……受精のことを……体外……受精と、呼んでいる……。あぁっ……！　受精ックスしたいよぉ……」

「ん？　エックス？」

ああああああ！　ヤバイヤバイヤバイヤバイ！　余計なコト言うな月乃おおお！

「ねぇ……なんか月乃、様子おかしくね？」

「うん。さっきから辛《つら》そうだよね……。顔も赤くなってるし」

月乃の友人が心配そうな声を上げる。それを皮切りに、教室が次第《しだい》にざわめき始めた。

教科書や黒板を見ていた生徒も、どうしたものかと月乃に目をやる。

しかしそんな状態でも、月乃の発情は加速する。

「そ、そして……。受精を行うための、行為の……一般《いっぱん》的な呼び方はセッ――」

「ん？　神宮寺、読む場所間違えてるんじゃないか？　次項目《じこうもく》は受精膜《まく》についてだぞ？」

月乃がアドリブで教科書にないことを言いかけやがった！

「月乃、今変なこと言いそうじゃなかった？」

「いや、まさか……。単純に読み間違えとかじゃん？」

先生が止めてくれたおかげで、ギリギリ発情はバレてない。だがもう時間の問題だ！

「はあっ……はあっ……。んぅっ……！　もうだめぇ……！」

月乃の顔が、悦楽《えつらく》に浸《ひた》るように真っ赤に染まる。

さらに彼女は教科書を片手に持ち替《か》えて、空いた手を静かに下半身へ伸《の》ばす――

いや、お前何をするつもりだ！　皆が見てる中で何するつもりだ⁉

もうだめだ！　これ以上はマズイ！　これはさすがに止めなきゃいけない！

「せ、先生！　ちょっといいですか⁉」

俺は声を張り上げて立ち上がる。

「な、なんだ？　いきなり大声出すんじゃない」

「神宮寺さん、なんだか体調悪いみたいなので保健室へ連れていきます！」

「そ、そうか……？　確かに様子がおかしいが――」

「さあ、行こうか神宮寺さん！」

「ひゃんっ！」

俺は先生の返事を待たずに、月乃の手をとって廊下《ろうか》へと出る。

そして人気《ひとけ》のない場所を探して、彼女を強引《ごういん》に引っ張っていった。

※

足元のおぼつかない月乃を引きずり、校舎端《はし》の空き教室へと入る。

しかしその際も、まだ月乃の発情は続いていた。

「んうっ……あああん……！　あぅ……はぁはぁ……」

「おい、月乃っ！　大丈夫《だいじょうぶ》か⁉」

湧《わ》き上がる欲求を堪《こら》えつつ、俺の体にしがみつく月乃。しかし、ダムはすぐ決壊《けっかい》した。

「も、もうダメぇ……。体が、うずうずしちゃうよぉ……！」

月乃の顔が昂《たかぶ》りにより、濃《こ》い赤色に染まっていく。そして、溶《と》けるような声を出す。

「ねぇ、天真……。おチ○チン貸してくれないかな……？」

「はぁ⁉」

コイツ、いきなり意味不明なコト言い出しやがった！

「だって……アタシも、天真の精子欲《ほ》しいから……。体内受精したいからぁぁ……！」

「止《や》めろ止めろ！　その発言危険すぎるから！」

お前、何言ってるか分かってんの⁉　間接的にセクロスしたいと言ってるんだぞ！

「天真のおしべとアタシのめしべで、立派な受精卵作ろ？　だからおチ○チン、レンタルさせて？」

「いや、無理だから！　レンタルとか受け付けてませんから！」

「大丈夫。ちゃんと料金は払《はら》うから……」

月乃が机の上に腰《こし》かけて、自分の足を俺に向けて開いた。いわゆるＭ字開脚《かいきゃく》の姿勢だ。制服のスカートが自然にまくれ、中の穿《は》いているパンツが見える。パンツに守られた彼女の大切な場所からは、女性的なフェロモンがムンムンと立ち昇《のぼ》るのを感じた。

「アタシの大事なトコロ、天真に無料で使わせてあげる。一緒《いっしょ》にレンタルし合おっか？」

「バカ止めろ月乃！　落ち着けって！」

「今だったらまだ、新作だよ？　一泊《いっぱく》二日で貸してあげるよ？」

「DVDみたいに言ってんじゃねえよ！」

突《つ》っ込みながら距離《きょり》をとる。そして月乃が早まらないよう、何とか説得を試みた。

「お前、そういうエロいこと嫌《きら》いなんだろ⁉　早くいつもの月乃に戻《もど》れよ！」

「ううん……。だってアタシ、えっち女だもん……。本当はただの変態だもん……」

月乃が制服のボタンを外す。そしてシャツの胸元《むなもと》を広げて、豪快《ごうかい》に俺へと見せつけてきた。水色の可愛《かわい》らしいブラジャーで飾《かざ》る胸元を。

「だから、アタシとスケベして……？」

襲《おそ》われる。これは襲われる。月乃の中で、完全に発情スイッチが入ってしまった。匂《にお》い立つような色気ある表情。そして熱い視線を送る瞳《ひとみ》。しっかりとロックオンされている。

だが……。こんなこともあろうかと、対策アイテムは持参している！

「はあぁ……！　もう無理……！　天真のが欲しい！」

「――――っ！」

月乃がついに実力行使を開始した。胸元を開いた状態で俺へと飛びかかってくる。そして両腕《りょううで》を大きく広げて、恋人《こいびと》にするように抱《だ》き着いた。……俺の用意した身代わりに。

「ああん……天真っ！　天真〜〜〜〜！」

「ふぅ……間一髪《かんいっぱつ》で間に合った……」

今、月乃が抱き着いているのは——俺の姿がプリントされた抱き枕《まくら》だ。

ちなみにこれは自作したものだが、製作過程は本当に苦労の連続だった。俺の全身が写った写真を生地《きじ》にアイロン転写して抱き枕にしたのだが、これがなかなか難しい。

まずアイロンプリントシートに俺の写真を印刷し、転写に必要な部分だけを地道にはさみで切り取っていくのだが、この作業だけで一時間以上はかかってしまう。その上いざ生地に転写してみると、張り合わせる際に位置がずれたり、変な形に傾いたり、アイロンのかけ過ぎで変色したりと、数々の問題が俺を襲って結局やり直すことになる。

しかし何とか試行錯誤《さくご》して、上手《うま》く生地に俺の写真を転写。そして、生地を抱き枕に仕立て上げたのだ。……なんか俺、着々と常人の道を踏《ふ》み外している気がするな……。

とにかく、抱き着かれる直前にそれを月乃へ押し付けることで、回避《かいひ》に成功したのである。これぞ必殺身代りの術。月乃対策に用意した奥義《おうぎ》だ。

これで俺はもう、月乃の発情が終わるまで見守っていればいいだけだ。

「カプッ……んっ……むぅ……ちゅるるっ」

抱き枕にプリントされた俺の首筋に甘嚙《あまが》みし、さらには軽いキスをする月乃。

「……ものすごく妙《みょう》な光景だな、これ……」

何が悲しくて、自分の抱き枕が襲われているのを眺《なが》めなければいけないのだろうか。

そして結局月乃の発情は、授業が終わる時間まで続いた。

また、彼女は正気に戻った後、「花鈴、ゴメン～～～～！」と叫《さけ》びながら、俺の元から逃《に》げ去ったのだが、何のことかまるで分からなかった。謝るなら俺に謝ってくれよ……。

※

「はぁ……。さっきは危なかったな……」

昼休み。俺は図書室の隅《すみ》の席に座り、溶けたように突っ伏《ぶ》していた。クラスには月乃がいて落ち着かないから、ここまで逃げてきたのである。

月乃のヤツ、やっぱりまだ発情癖《へき》は直ってないな……。アレについても早急に対策を練る必要がある。月乃と直接話をするのは現状なぜか厳しいが、今できることをしておかないと。もう少しここで色々調べて、役に立つ本を探してみるとか——

「あ、天真先輩《せんぱい》っ！　やっと見つけました！」

聞き覚えのある声がした。

「こんなところにいたんですね。教室にいないから探しちゃいましたよー」

「花鈴……。どうした？　何か用事か？」

「はい！　先輩に会いたくなっちゃいまして」

そして彼女は明るい笑顔《えがお》を見せながら、俺の隣《となり》に座ってくる。

なんか花鈴、月乃とは逆に最近やたらとくっついてくるよな……。もしかして、また俺を露出《ろしゅつ》プレイに付き合わせようとしてるのか？

いくら花鈴でも学校で派手に脱《ぬ》いだりはしないだろうが、注意しておく必要はあるな。

『あっ、花鈴ちゃん！　やっぱ小《ち》っこくて可愛いよな～』

『何とかして近づけねーかな……？　ってか、一緒にいる男だれだ？　付き人？』

ふと、周りの生徒が花鈴に対して羨望《せんぼう》の眼差《まなざ》しを送るのに気づいた。

ってか、誰《だれ》が付き人だよ。俺への評価安定して低いな。

「えへへ～。花鈴、大人気ですね～？」

自分を見る男たちに手を振《ふ》りつつ、笑顔で自画自賛する花鈴。

まあコイツ、皆《みんな》から可愛がられてるからな。あの男子生徒たちが花鈴を露出狂《ろしゅつきょう》と知った時、それでも可愛がれるかどうかは非常に興味深いものだが。

「ところで先輩。今、ちょっとお時間ありますか？」

「ん？　まぁ……ないことはないが……」

「じゃあ、花鈴に勉強教えてくれませんか？　ちょっと分からないところがありまして」

おっ、勉強か。普段《ふだん》は面倒《めんど》くさがって宿題すらあまり手を付けない花鈴が、珍《めずら》しくやる気になってるみたいだ。

「別に良《い》いぞ。俺も仮の夫として、最低限の教養は身に付けてもらいたいからな」

「ホントですかっ？　ありがとうございますっ！」

「気にすんな。ただし、先にこれだけは言わせてもらうぞ？」

俺は体ごと花鈴の方を向き、努めて真剣《しんけん》な表情で言った。

「俺の指導は、下手な先生より厳しいからな。俺が勉強を教える以上、花鈴にも本気で学んでもらう。一切《いっさい》手は抜《ぬ》かないし、もちろん手抜きも許さない」

俺は普段、本気で勉強に臨《のぞ》んでいる。その分人に教えるときにも熱が入りすぎてしまうのだ。そのせいか、成績が良い割にはクラスメイトに教えを請《こ》われることはない。

「俺のクラスでは、皆こんなことを言っている。『赤点とっても一条にだけは教わるな』と。それほど俺との勉強は熾烈《しれつ》を極《きわ》めることになるが……いいのか？」

「もちろんですっ！　望むところです！　花鈴は先輩とお勉強をしたいんですから！」

俺の目をまっすぐ見つめ返して、元気よく返事をする花鈴。

なるほど……。そんなに俺と勉強がしたいか。覚悟《かくご》はしっかりできてるようだな。

思えば、こんな風に求められるのは久しぶりだ。どちらかと言えば俺も教えるのは好きなのに、最近は誰も一緒に勉強してくれないし。

でも花鈴は、俺との勉強を望んでいる。あ、ヤバイ。嬉《うれ》しすぎてウルッと来たぞ。

「ふふふ……。勉強をしながら誘惑《ゆうわく》すれば、余裕《よゆう》で先輩を落とせるはずです……♪」

花鈴が筆記具を用意しながら何か呟《つぶや》いた気がするが、感極まっていて聞き漏《も》らした。

「よし、花鈴！　お前の気持ちは伝わった！　遠慮《えんりょ》なくトコトン付き合ってやるぜ！」

「はいっ！　先生、よろしくお願いしますっ！」

先生か……。そう呼ばれるのも、なんだかちょっと気持ちいいな。

「それで、今日は何の教科をやりたいんだ？」

「はい、それは――」

花鈴が可愛らしい手提《てさ》げカバンから、問題集を取り出して広げる。

「保健体育の、性分野です♪」

それは、男女の裸《はだか》のイラストが大きく載《の》っているページであった。

「なるほど。保健体育か」

そう言えば、期末試験は副教科もテスト範囲《はんい》だからな。決しておろそかにはできない。

「あ、あれ……？　先輩……？　なんだか、思ったより普通《ふつう》の反応ですね……？　花鈴の予定では、もっと慌《あわ》ててもらうはずだったんですけど……」

「何を慌てる必要がある？　心配しなくても、俺は副教科でもバッチリ百点を取る男だ。性分野でも点を落としたことはないから、しっかり教えられると思うぞ」

「そういう意味じゃないんですが……。まあ、いいです。ここから際《きわ》どい問題を出しつつ、誘惑していけばいいだけですし……」

「どうしたんだ、花鈴？　言ってる意味が分からないんだが……」

「いえ、何でもありません！　それでは早速《さっそく》、最初の問題を教えてください！」

「おう、任せろ！　バッチリ解説してやるぜ！」

俺が返事をすると、花鈴がペンで問題を示して、その文章を読み上げた。

「思春期になると女性は月経、男性は○○が起こります。その○○とは何ですか？」

「ああ。それは射精だな」

「やだなぁ天真先輩、なに恥《は》ずかしがってるんですかー、って……あれ？」

一瞬《いっしゅん》で答えを口にした俺を、花鈴がきょとんとした目で見る。

「せ、先輩……？　どうしたんですか？　なんか、いつもと反応違《ちが》くないですか？」

「ん？　何がだ？」

「何がって……！　普通は『なんて質問してんだお前！』とか言って、恥ずかしがるところじゃないですか？　怒《おこ》るところじゃないんですか？」

「いや。問題を出されただけで怒るわけがないだろう？　それより勉強に集中するぞ」

俺は困惑《こんわく》する花鈴に向けて、今の問いに関する解説を始める。

「また、初めての月経を初潮と呼び、初めての射精を精通と呼ぶ。精通の迎《むか》え方については様々な形態があり、マスターベーションや夢精だな。夢精とは寝《ね》ている間に起こる射精のことで、その原因は睡眠《すいみん》中無意識に性器を刺激《しげき》することや、過剰《かじょう》にストックされた精液が放出されることがあるらしい。ちなみに古い精液はタンパク質として吸収されて――」

「え、え……!?　ちょっと待ってください！　先輩、詳《くわ》しすぎません!?　なんでそんな次々に性知識が出てくるんですか!?」

「いや。このくらい知ってて当然だ。テストにも出る可能性があるぞ」

俺は副教科も手は抜かないからな。いくら受験に必要なくても、内申点には関係ある。だからたとえ性分野といえど、本気で知識を蓄《たくわ》えているんだ。

「そして、精子は精巣の中にある精細管で作られるんだ。精子は核《かく》と先体を持つ頭部、中心粒《りゅう》とミトコンドリアを持つ中片部、鞭毛《べんもう》でできた尾部《びぶ》から構成されている。射精ではこの精子を含《ふく》む精液が体外に放出されるわけだが、その詳しいメカニズムとしては――」

「いや、待ってください待ってください！　先輩、射精についてどんだけ語るつもりなんですか⁉　もうこれくらいで十分ですよ！」

「バカ！　お前勉強舐《な》めんなよ⁉　知識に十分なんてもんはねえ！　むしろ、『ここまでやればいいだろう』という慢心《まんしん》が、テストの点を下げるんだ！」

「えええええ⁉　花鈴、本気で説教されてます⁉」

「幸い、テストまでまだ時間がある。この機会にたっぷり性知識の基礎《きそ》を叩《たた》き込んでやるからな！　厳しくいくから、覚悟しろよ！」

「せ、先輩……？　なんか目が怖《こわ》いです……」

なんだか怯《おび》えたように震《ふる》える花鈴。

だが、俺は決して甘やかさない。勉強とは戦いなのだ。決して手を抜くべきではないし、真面目《まじめ》にやるのが教えを乞《こ》うてきた花鈴への礼儀《れいぎ》だ！

「それじゃあ、小手調べに簡単な問題を出してやる。性機能の仕組みについてだが、思春期を迎えた女性に起こる体の変化を答えてみろ」

「え、えーっと……。段々エッチな体つきになって、男性を誘惑し始めます！　そう！例えばこんな風に……」

花鈴が自身のスカートをめくりあげ、パンツを俺に見せつけてくる。股《また》の部分にジッパ

ーが付いた、黒いセクシーランジェリー。

「いや、それは違うな」

「冷たっ！　先輩の反応冷たっ！　ってか、露出について触《ふ》れてくださいよ！」

「確かに思春期を迎えた女性は乳房《ちぶさ》が発達していくが、その言い方では不正解だろう。それに他の重要な変化としては、性器の成熟や排卵《はいらん》・月経の開始がある」

「まさかのスルー⁉　花鈴ずっとパンツ晒《さら》してるんですけど！　どエロい下着穿《は》いてるんですけど！　これすっごい高かったんですけど！」

「そうだ。精巣や卵巣などの生殖器《せいしょく》官の発達を促《うなが》すホルモンを何と呼ぶか、分かるか？」

「え……え？　あの、えっと……えっちなホルモン、とかですか……？」

「違《ちげ》ぇよバカ！　お前変態のくせにそんなことも分からねえのか！」

「ひどい言い草です⁉　この人もう、いつもの先輩じゃありません！！」

「生殖器官の発達は、性腺《せいせん》刺激《しげき》ホルモンによって促進《そくしん》される。その結果女性では卵巣が、男性では精巣が発達し、性ホルモンが盛んに分泌《ぶんぴつ》されるようになる。そのため男女特有の体つきになり、月経や射精が起こるようになるんだ」

「あの、先輩。なんでさっきから恥ずかしげもなく、淡々《たんたん》と解説できるんですか？　そしてどうして花鈴の露出に反応してくれないんですか？」

「ちなみに、性腺刺激ホルモンは脳の下垂体から分泌され――」

「ああもう！　先輩、勉強中だと何しても動じないです――！　興奮も動揺《どうよう》もしてくれません――！」

「おい、やかましい！　ちゃんと勉強に集中しやがれ！」

そして俺は、昼休憩《きゆうけい》が終わるまでの時間、みっちり花鈴に勉強を教えた。

※

月乃の発情を解消したり、花鈴の勉強に付き合ったりと、濃《こ》い一日を過ごした後。

放課後にはさらに、生徒会の仕事が待っていた。

俺は月乃や花鈴の相手をして疲《つか》れ切った体を引きずって、体育館へやって来た。今日の仕事は、文化祭で使う用具の準備をすることだ。椅子《いす》や机、その他必要な備品などの数を確認《かくにん》し、各クラスが申請《しんせい》した必要数と照らし合わせて、問題がないかチェックするらしい。

ちなみに他の三人は、すでに来ていたようである。

「雪音会長……本当に一条君も一緒《いっしょ》に作業するんですか……？」

俺が現場に到着《とうちゃく》すると、布施さんが「うへぇ」って顔で手厚いお出迎《でむか》えをしてくれた。

「一条君なんて、すぐ追い返した方がいいですよ。きっと人気《ひとけ》のない茂《しげ》みに会長を連れ込み悲鳴を出せないようさるぐつわをかませたうえで『ゲヘヘ、嫌《いや》がっていても体は正直なんだぜ？』とか言いながらどちゃくそエロいことしまくる気ですよ？」

布施さんの中で俺ってどういう存在なんだよ。

「あ……そのプレイ、ちょっといいかも……！」

そして乗り気になってんじゃねえよ！　アンタはホント歪《ゆが》みねえな！

「な、なあ……布施さん。俺、別にそんなゲスなことは考えて――」

「うるさい黙《だま》れ性犯罪者お前に発言権はない」

ものすごい早口で俺の言葉を遮《さえぎ》りやがった。

マズイな、これ。前回の件で布施さんの信用がゼロになっていやがる。

「円さん……。もうそのくらいにしてあげてください」

見かねた愛佳さんが、ため息交じりに助け船を出してきた。

ちなみに先日の出来事について、彼女にはすでに話してある。『もっと気を付けてください』と小一時間ほど説教されたが、こうしてフォローをしてもらえている。

「愛佳先輩《せんぱい》っ！　一条君はおぞましいセクハラ大明神なんですよ！　そんな人と一緒に仕事なんてできません！　先輩《せんぱい》も私も、きっと妊娠《にんしん》させられますよっ！」

そんな特殊《とくしゅ》能力はねえよ。俺は妖怪《ようかい》かなんかかよ。

「しかし、天真様も仮とはいえ生徒会の役員なんですよ？　無下《むげ》にすることはできません」

おお、愛佳さん……ありがたい。彼女の毅然《きぜん》としたフォローのおかげで俺の株価は――

「あ、愛佳先輩に『天真様』なんて呼ばせてる……！　やっぱり鬼畜《きちく》なド変態だ！」

――ものの見事に大暴落した。

「……コホン。とにかく、一条さんも、生徒会の仲間です。顧問《こもん》からも正式な許可は出ていますし、勝手に追い出すことはできません」

何事もなかったかのように、愛佳さんが言い直す。

「で、でも！　さすがにこんな変態は――」

「それに何より、今は人手が足りません。一人抜けたら今日中に準備は終わりません」

「うぐっ……！」

布施さんもそれは分かっているのだろう。反論できず、代わりに俺を睨《にら》みつけてくる。

そこで雪音さんが口を開いた。

「まあまあ。円ちゃん、落ち着いて？　とりあえず、そろそろ仕事を始めないと。私と愛佳は用具室の備品をチェックするから、天真君は机を、円ちゃんは椅子を確認してね？」

「…………はい。分かりました……」

渋々承諾《しぶしぶしょうだく》する布施さん。

納得《なっとく》いかない様子ではあったが、憧《あこが》れの雪音さんの指示には従わざるを得ないようだ。

布施さんは俺を一瞥《いちべつ》し、椅子の収納場所へと歩いていった。

ふぅ……。これで何とか追い出されることはなくなった。もし布施さんの激烈《げきれつ》な反対で俺が役員から外されたら、雪音さんの監視《かんし》ができなくなる。本当に危ないとこだった。

「あはは……。天真君もお願いね？　ごめんね？」

雪音さんが俺に手を合わせる。布施さんが俺を嫌《きら》った件に責任を感じているようだ。

「それじゃあ、私たちも行こうか。私は第一用具室を、愛佳は第二を見に行こう？」

「分かりました。すぐに片付けます」

その後、二人も体育館の端《はし》にある用具室の方へ去っていく。その姿を見て、呟《つぶや》いた。

「……さて。これからどうするか……」

もちろん俺も机の確認をするべきなのだが、その前に考えるべきことがある。俺の本来の目的は、雪音さんの性癖抑制《せいへきよくせい》と、彼女の監視にあるからな。

今、雪音さんは愛佳さんと別れて第一倉庫へと入って行った。あそこには体育の授業などで使う様々な道具がしまってあり、当然中には誰《だれ》もいない。雪音さんが隠《かく》れてプレイに及《およ》ぶには絶好の場所と言っていい。

その現場を誰かに見られたら、今度こそ雪音さんがドMだとバレる。

ここはしばらく雪音さんに張り付き、行動を監視する必要が——

「一条君。どこに行くの？」

雪音さんの側《そば》に行きかけた途端《とたん》、後ろから声を掛《か》けられる。

振《ふ》り向くと、布施さんが俺を睨んでいた。

「あなた、仕事全然進んでないよね？　サボらないでもらえるかな？」

ギロッ、と俺を睨みながら、敵意むき出しで言う彼女。

「あ、悪い……。でも、ちょっと雪音さんの方も手伝いが必要なんじゃないかと……。倉庫での備品チェックって、重い物運んだりしそうだし」

「そんなの、別に必要ないよ。会長には愛佳先輩がついてるもん」

「じゃ、じゃあ……。雪音さんに一度確認だけ——」

「行かせない！　一条君は絶対に行かせないからね！」

俺が動き出そうとすると、大きく両手を広げながら布施さんが前に立ちはだかった。

こいつ、俺が雪音さんに近づくのを意地でも阻止《そし》しようとしてやがる！

「いや、別にやましいこととかしないから！　本当に手伝うだけだから！」

「そう言って、会長に変態行為《こうい》をさせる気でしょう！　全部お見通しなんだからね！」

むしろ、変態なことをさせないように様子を見に行きたいんだけどな……。

「一条君、雪音会長の弱みを握《にぎ》って脅迫《きょうはく》とかしてるんでしょう⁉　だから会長は、あんなに変態で恥《は》ずかしいことを……！」

いや、違《ちが》います。アレは素《す》です。あの人は素で変態なんです。

でも、それを説明することはできない。もっとも説明したところで、雪音さんが変態だなんてこの子は信じたりしないだろうが。

とはいえ、もし雪音さんが一人でこっそり変態行為に励《はげ》んでいるのを——たとえば自分で自分の体を亀甲縛《きっこうしば》りしていたり、セルフ調教プレイをして悦《よろこ》んでいるのを目撃《もくげき》すれば、さすがの布施さんも真実に気づいてしまうだろう。

その危険性がある以上、俺はやはり雪音さんを監視し続けないといけない。

とにかく今は、彼女の警戒《けいかい》を解かないと！

「えっと……布施さん。俺は別に——」

「ち、近づかないでよこの変態！」

俺が一歩近づいた途端、布施さんが十歩後ずさった。

「隙《すき》を見て私の弱みも握るつもりでしょう⁉　着替《きが》え中とかトイレ中とか、私の恥ずかしい写真を撮《と》って脅迫に使うつもりなんでしょう！」

「いや、だからそんなつもりは一切《いっさい》なくて——」

「いったい何が目的なの⁉　……はっ！　まさか私のパンツを要求する気⁉　写真をネットに上げない代わりに、私からパンツを奪《うば》う気なの⁉」

「しないよ⁉　そんなことして何の意味があるの⁉」

「私の使用済みパンツを奪って、クンカクンカする気なんでしょう！　見たり触《さわ》ったり匂《にお》いを嗅《か》いだり、余すところなく楽しむ気でしょう！　やっぱりこの人サイテーだ！」

「だからしねぇよ！　アンタ思い込み激しすぎるぞ！」

「怪《あや》しい薬を飲ませて私を発情させた上で、全裸《ぜんら》にひん剝《む》いて野外露出《ろしゅつ》をさせながら、お散歩調教する気でしょう⁉」

「しないってさっきから言ってるだろうが！」

ってか、なんで三姉妹《しまい》の性癖全部盛り込んでくんだよ！　コイツ実は全部知ってんのか⁉　そうじゃないなら、この子の妄想《もうそう》三姉妹以上にエグイんだけど！

むしろ、コイツが一番変態だろ。絶対俺より淫《みだ》らなことを考えてるわ。

「あのなぁ……。俺は本当に雪音さんを手伝いたいだけなんだ。だからそんなに警戒するなよ。ちゃんと仕事にも精を出すから」

「せ、精子を出す⁉　女の子になんてこと言うの⁉　ドスケベ！」

「言ってねえええ！　どんな聞き間違いしてんだよおお！」

もうだめだコイツ！　ある意味三姉妹より扱《あつか》いにくいぞ！

明らかにエロいこと意識しすぎだし！　何言っても俺を変態扱いしてくるし！

「とにかく！　私の会長には近づかせないよ！　あなたは自分の仕事だけして！」

「ぐっ……」

この子の決意、結構固いぞ。よほどの理由がない限り、ここを通してくれそうにない。しょうがない。ここは一旦《いったん》、生徒会の仕事に集中するか……。

雪音さんのことは気になるが、布施さんとこれ以上言い争っても不信感を募《つの》らせるだけだ。それよりもまずは仕事をこなして、後々隙を見て雪音さんの元に――

ドンッ！　バリバリ！　ミシミシガッシャ――――――ン！

……凄《すさ》まじい破砕《はさい》音が聞こえた。

「え!?　なになに!?　今のなんなの!?」

「この音……まさか……っ!?」

雪音さんに、何かあったのか!?

「あっ……ちょっと！　一条君!?」

俺は布施さんの脇《わき》を抜《ぬ》け、用具室へと駆《か》けて行った。

※

用具室内の様子を見て、俺は言葉を失った。

「…………」

そこにあったのは、普通《ふつう》では絶対にあり得ない光景。もはや神秘的ですらある光景。

愛佳さんのお尻《しり》が、ベニヤ板から生えていた。

「…………は？」

え……なにこの状況《じょうきょう》？　なんで愛佳さんのお尻が、ベニヤ板から突《つ》き出ているの？

俺が困惑《こんわく》していると、先に現場に駆け付けていた雪音さんが解説をしてくれた。

「その……。愛佳が転んだ拍子《ひょうし》に、お尻からベニヤ板に突っ込んだみたい……。板にはもともと大きめの穴が開いていたらしくて、ちょうど挟《はさ》まっちゃったんだね……」

うわぁ、本当だ。よく見ると、厚めの板に大きな穴が開いていて、そこに愛佳さんのお尻がミッチリとつかえてしまっている。

「うぅ……。少々ミスってしまいました……」

相変わらず奇跡《きせき》的なミスをしますねあなたは！

　ってか、こういうの……たしか壁尻《かべしり》って言うんだっけ？　前に花鈴から見せられたエロ漫画《まんが》でそんな言葉を見た気がする。こんな状況、マジで実在するんだな……。

　しかもスカートが捲《まく》れて穴の中に巻き込まれているせいで、大胆《だいたん》かつセクシーな赤いパンツがモロ見えになってしまっている。しかも彼女の大きめのお尻はパンツに収まりきらないのだろう。お尻の肉がはみ出して、けしからん光景になっていた。

「愛佳先輩！　大丈夫《だいじょうぶ》ですか⁉　どこか怪我《けが》とかないですか⁉」

　あとからやって来た布施さんがベニヤ板の反対に回り、愛佳さんの顔を見ながら尋《たず》ねる。

「うぅ……。こんな格好、屈辱《くつじょく》です……。あんまりこっちを見ないでください……」

　彼女は顔を真っ赤に染めて、羞恥《しゅうち》のあまり涙《なみだ》を浮《う》かべる。

　しかし痛がっているような様子はなく、特に怪我もしていないようだ。

「先輩っ！　すぐにお助けしますからっ！　もう少しだけ頑張《がんば》ってください！」

「す、すみません……。ご迷惑《めいわく》をおかけして……！」

　ひとまず無事なようで安心だが、異常事態には変わりない。早く出してあげないと。

　だがこの厚い板は壊《こわ》せそうにない。助けるにはお尻を穴から押し出す以外なさそうだ。

　いや、しかし……。それは別の意味で危険だな。いくら助けるためとはいえ、女子のお尻に触るなんて……。少なくとも、女性陣《じん》の誰かが救助に当たるべきだろう。

「あ、でも……。この状況、羨《うらや》ましいかも……。はぁはぁ……」

ん？　なんだ……？　艶《つや》のある声が近くから聞こえる。

「私も、こういうプレイしてみたい……。被虐心《ひぎゃくしん》がくすぐられるよぅ……」

え……？　雪音さん、何か言った？　なんだろう……。とっても嫌《いや》な予感がするぞ？

「ああん……。こんなの、興奮しちゃうぅ……！」

ぬわあああああああ！　このドＭぅぅぅぅぅぅぅ！

何この人！　何この人！　まさか愛佳さんの痴態《ちたい》を見て、性的な気分になったのか!?

いや、違うから！　これプレイじゃねーから！　ただ事故ってるだけだから！

「ねぇ、愛佳……。悪いけど、その席代わってくれないかな？　ハァハァ……」

「お、お嬢様《じょうさま》……？　なんだか目が怖《こわ》いのですが……！」

いや、交代しようとしてんじゃねーよ！　観光地の顔出しパネルじゃねえんだぞ！

「雪音会長……？　なんで代わろうとしてるんですか……？」

「ああああ！　雪音さん！　愛佳さんが可哀想《かわいそう》だから自分が代わってあげたいんですね！

その気持ちすごく分かります！」

強引《ごういん》な解釈《かいしゃく》をねじ込んで、無理やり布施さんの疑問に答える。

マズイ！　このままだと雪音さんが性癖を晒《さら》すことになる！　早く愛佳さんを壁尻から

救って、彼女の欲情を止めないと！

「布施さん！　早く愛佳さんを助けてくれ！　俺じゃ尻には触れない！」

「い、言われなくてもそうするよっ！　愛佳さん、いきますねっ！」

「は、はい……！　お願いします……！」

布施さんが板の反対側に回る。そして、愛佳さんのお尻を押し始めた。

「それじゃあ、せーのっ！　んん〜っ！　ん〜〜〜っ！」

しかし力が足りないのか、なかなか助け出すことができない。くそっ！　思ったよりも、がっちりお尻がはまっているようだな――

「はぁはぁ、おっぱい縛《しば》るの気持ちいいよぉ……！」

「って、どさくさで何をやってんだアンタは！」

ほんの少し目を離《はな》した隙に、雪音さんが倉庫にあった荒縄《あらなわ》を用いて自分を縛り始めていた。俺は慌《あわ》てて縄を奪い、緊縛《きんばく》行為を中断させる。

「ああんっ……！　ご主人様のお預けプレイ……♪　体がゾクゾクしてきちゃう……」

この人、完全に欲情しきってやがる。

こうなったらもう、彼女を連れて一度ここから抜け出すしか――

「一条君っ！　雪音さんを連れてどこ行く気なの⁉」

――しかし、布施さんに見つかってしまった。

「えっ⁉ いや、その……。ちょっと先生に助けを呼びに行こうと思って！」

「ダメだよ！ そんなことしたら、愛佳先輩《せんぱい》の恥ずかしい格好が見られちゃう！ そんなの先輩《せんぱい》が可哀想だよ！」

「そ、それじゃあ――落ち着くために飲み物でも――」

「一条君、今の状況分かってるの⁉ そんなことしてる場合じゃないよね⁉」

ダメだ……。立ち去ろうとしても、布施さんにストップをかけられてしまう。

「まさか、この機会に会長と二人きりになるつもり⁉ また変なコトする気なの⁉」

「ち、違う！ そんなつもりじゃないって！」

しかも、終《しま》いには疑われる始末。これもう絶対抜け出せないだろ！

「雪音会長！ 手伝ってください！ 私と一緒《いっしょ》に愛佳先輩を助けましょう！」

「う、うんっ……。分かったよ……。はぁはぁ……」

「こっ、この状況……恥ずかしすぎます……！」

欲情した雪音さんが布施さんに並ぶ。そして二人で尻を押し、愛佳さんを辱《はずかし》める。

「ん～～っ！ ん～～～～～っ！ ダメだ……。全然抜けないよ……」

「私も、お尻押されたいよぅ……。むしろ叩《たた》かれてみたいよぅ……」

「え……雪音会長？　今、なんて……？」

布施さんが雪音さんの呟《つぶや》きを拾った！

雪音さん、もう全く性欲が抑《おさ》えられてないぞ！　布施さんたちがすぐ側《そば》にいるのに、エロい妄想を垂れ流してやがる！

この状況が続くのは危険だ！　すぐ愛佳さんを助け出し、雪音さんを連れ出さないと！

こうなったら……しょうがない。やっぱり俺が出てくしかねえ！

「おい、二人とも！　どいてくれ！　俺が愛佳さんを助け出す！」

「えっ⁉　一条君、愛佳さんのお尻触《しりさわ》る気なの⁉　絶対許せないよ、そんなの！」

「仕方ないだろ！　女子の力じゃ足りないんだから！」

「ダメダメ！　それは認められない！　だってそんなの不健全だもん！」

「そんなこと言ってる場合じゃないだろ！　それに、これは救助行為《こうい》だ！　やましい行為なんかじゃない！」

自分自身に言い聞かせるような心持ちで、布施さんの言葉を否定する。

「うっ……。確かに、その通りかも……」

布施さんも、愛佳さんを助けることが先決だと思っているようだ。しばらく頭を抱《かか》えて葛藤《かっとう》するが、最後は苦渋《くじゅう》の表情で認めた。

「……分かった。でも、卑猥《ひわい》なことは考えないで！　約束破ったら告訴《こくそ》するからね⁉」

「分かってる！　真面目《まじめ》に助け出すから！」

俺はすぐに二人に代わって、愛佳さんのお尻に向き合う。

「愛佳さん、すみませんっ！　失礼します！」

そして彼女を助けるために、両手でそのお尻に触《ふ》れた。赤いパンツから溢《あふ》れるほどのどっしりとした尻たぶに。

その瞬間《しゅんかん》、思わず息をのむ。

「……っ！」

尻、でっか…………！　しかも、超絶柔《ちょうぜつやわ》らかい…………！

なんだこの張りがあるくせに、プルンと揺《ゆ》れる柔らかい尻は……！　まるで吸い寄せられるみたいに、俺の指がムニュッと沈《しず》んでいったぞ……⁉　しかも指に力を加えて尻に沈み込ませると、ムギュッと張りのある弾力《だんりょく》に気が付く。吸い付くような柔軟《じゅうなん》性と、それを押し返そうとする肉質。相反する感触《かんしょく》が面白《おもしろ》く、思わず病《や》みつきになりそうだ。

「て、天真様……！　早く助けてもらえませんか……？」

「はっ……⁉」

お、俺の馬鹿《ばか》！　何やってんだ！　圧倒《あっとう》されてる場合じゃねえ！

雪音さんの秘密を守る為《ため》にも、一刻も早く助けるんだよおおおおお！

「うおおおおお！　抜けろおおおおおおっ！」

俺は両腕《りょううで》に力を込《こ》めて、いよいよお尻を押し始める。しかし、よほどしっかりハマっているのか、俺の力でもあまり動かない。

「お尻押されるの、気持ちよさそう……！　私もたくさん弄《いじ》られたい……！」

「か、会長……？　大丈夫ですか？　先ほどから息が荒《あら》いんですけど……」

アカ――――ン！　バレる――――！　もうバレる――――！

布施さんが雪音さんに訝《いぶか》しげな目を向けている！　これはもう危険信号だ！

「愛佳さん！　頑張って早く抜けてください！　このままじゃ雪音さんの性癖《せいへき》が……」

「そういわれましてもっ！　自分ではどうすることもできません！」

「それでももがいてくださいよ！　雪音さんの秘密を守るためですよ！」

「わ、分かりました……！　やってみます！」

こっそり愛佳さんと話をし、再び腕に力を込める。今度はもっと強く押すつもりで。

お尻の肉がむぎゅうと撓《たわ》み、真っ赤なパンツがいやらしく割れ目に食い込んでいく。

「ん～っ！　んん～～っ！」

愛佳さんも何とか体を揺らし、穴から脱出《だっしゅつ》しようともがく。

一方、雪音さんたちは——

「はあっ……はあっ……！　体が熱いぃ……！　すごく火照《ほて》ってきちゃったぁ……」

「会長っ⁉　ほんとにどうしたんですか！　ひょっとして熱でもあるんですか⁉」

ムリムリムリムリ！　これ以上は本当にムリだ！

雪音さん、今にもセルフでSMプレイを始めそうだもの！　ドMを晒しそうだもの！

「て、天真様……！　なんだか、もう少しで抜《ぬ》けそうです……！」

「マジですか⁉」

よく見ると、ほんの少しずつお尻の位置がズレてきていた。

よ、よしっ！　これならイケそうだ！　この地獄《じごく》をようやく終わらせられる！

俺はこれでとどめとばかりに、愛佳さんのお尻を強く押す。するとお尻はさらにズレていき、ついに穴からムニュンと抜けた。

「よしっ！　これで何とかなった——」

だがその時、また愛佳さんがやらかした。

「ひゃうっ⁉」

お尻が抜けた後、彼女は勢いあまって前方へ飛び込む。そしてその先にあったのは、さっきとは別のベニヤ板だ。ベニヤが何枚にも重ねられ、壁《かべ》に立てかけられていたのだ。

「キャッ！」

可愛《かわい》らしい声を上げながら、愛佳さんがベニヤ板に激突《げきとつ》。その拍子《ひょうし》に、一枚のベニヤが思わぬ方向に倒《たお》れだす。それは——ちょうど雪音さんのいる場所だ。

「え……っ？」

バタ——ン！　と大きな音を立て、ベニヤが雪音さんを下敷《したじ》きにした。

『雪音さ————————んっ！』

俺と布施さんの声が重なる。俺たちは急いで、意外と重いベニヤ板をどかした。

そして雪音さんの姿を確認《かくにん》する。

「ああん……！　押し倒されちゃったぁ……！　重くて苦しいよぅ……。ハァハァ」

この人、押しつぶされて興奮してる——！　痛みの快楽に浸《ひた》ってる——！

「ゆ、雪音会長……どうしたんですか……？　なんでそんなに気持ちよさそうに……」

「こ、コレは大変だ！　早く保健室へ行かないと！」

誤魔化《ごまか》すために、わざと大声を張り上げる俺。

さらに雪音さんをお姫様抱《ひめさまだ》っこし、すぐ保健室へと向かおうとする。

「ま、待って一条君！　私も行く！　会長、様子がおかしいもん！」

「布施さんは、愛佳さんの方をお願いします！　ほら！　あの人も倒れてるから！」

言いながら愛佳さんの方を指さす。彼女は彼女で、他《ほか》の板の下敷きになっていた。

「あっ、本当だ！　愛佳先輩しっかりして――――！」

布施さんが、急いで愛佳さんを助けに向かう。

そして俺はその隙《すき》に、欲情中の雪音さんを連れて体育倉庫から抜け出した。

よ、よし……！　これでミッション完了《かんりょう》だ！

「んはぁ……はぁ……。押し倒されるの、気持ちいいよぉ……！」

いや、ダメだ！　この人まだ興奮してやがる！

「ご主人様……！　もっと私に乱暴して？　私をメチャクチャにしてくださいっ！」

「ああもう！　そういうのはせめて家でだけにしてくれーーーー！」

※

あの後、俺は絶賛興奮中の雪音さんを落ち着かせながら、彼女を保健室へ連れて行った。

幸いその頃《ころ》には雪音さんも、普段《ふだん》の様子に戻《もど》っていた。扉《とびら》をノックし保健室へ入る。

「失礼しまーす……。って、アレ？　先生いないのか？」

保健室の中は、誰《だれ》もいなかった。いつも座っているはずの養護教諭《きょうゆ》の先生も、ベッドを使っている生徒もいない。

「先生、席外してるのか？　他に怪我人とか出たのかな？」

「天真君、色々とゴメンね……？　でも、私はもう大丈夫《だいじょうぶ》だよ？　早く作業に戻ろうよ」

「ダメですよ。一応怪我がないか確認しないと。ほら、そこで休んでてください。しばらく先生を待ちましょう」

遠慮《えんりょ》する雪音さんを宥《なだ》め、彼女を椅子《いす》に座らせる。鍵《かぎ》もかかってなかったし、多分すぐ戻ってくるだろう。

と、その時。雪音さんが何かに気づいた。

「あれ……？　天真君、その手って……」

「え？」

言われて右手を確認してみる。すると、手の甲《こう》の辺りに切り傷ができ、そこから血が少し垂れていた。多分愛佳さんか雪音さんを助けたときに、どこかで切ってしまったのだろう。むしろ俺の方が怪我をしてしまっていたようだ。

「天真君……。私のせいで……！」

「いや、そんな！　気にしないでください。別になんともありませんから」

このくらいなら怪我の内には入らない。治療《ちりょう》の必要もないだろう。

だが、雪音さんは許さない。

「ダメ！　ちゃんと治療しないと！」

「えっ、うわ！」

席から立ち、俺の手を摑《つか》んで無理やり水場へ連れていく彼女。水道で俺の傷口を洗い、綺麗《きれい》なタオルで丁寧《ていねい》に拭《ふ》く。さらにその後保健室へ戻り、軟膏《なんこう》を傷口に塗《ぬ》ってくれた。

「天真君、大丈夫？　もう痛くない？」

「あ、はい。最初から痛くもなかったですし」

ってかこの人、なんか処置の仕方が手慣れてるな……。前に風邪《かぜ》を引いたときといい、看病とか得意なのかもしれない。

もしかしたら、お姉ちゃんとして月乃や花鈴にこういうことをしてきたのかもな。変態だけど、こういうところは本当に頼《たよ》りになると思う。この上なく変態だけど。

「天真君……本当にゴメンなさい。私のせいで怪我させちゃって……」

「いや、大丈夫です。丁寧に治療してもらいましたし。だから謝らないでくださいよ」

「ううん……だめ。それだと、私の気が収まらないよ。――奴隷《どれい》の私が、ご主人様に怪我を負わせてしまうなんて……」

え？

「やっぱり、ちゃんとお詫《わ》びをしないと……。ちゃんとお詫びのご奉仕《ほうし》をしないと！」

そ・れ・は・や・め・て・く・れ！

何でこの人、いつも思考がソッチ方向に偏《かたよ》るんだよ！　頭ん中エロでいっぱいか！

ってか、こういうプレイが俺の迷惑《めいわく》に繋《つな》がることをどうして分かってくれないんだ⁉

「ご主人様。お詫びにもっと、ご主人様のお体を診察《しんさつ》させていただきます！」

「し、診察……？」

「ご主人様の悪いところ、全部私が良くしてあげる。ご奉仕させていただきますね！」

見ると、雪音さんがいつの間にか制服から白衣に着替《きが》えていた。ハンガーにかかってい

た養護教諭のを着たのだろう。いや、いくらなんでも着替え早すぎだろ。

「さあ、ご主人様。とりあえず、あっちのベッドに横になろうか？」

「わっ⁉」

雪音さんが俺の腕を引っ張り、奥にあったベッドの上に寝《ね》かせる。

そして、押し倒すような形で上に覆《おお》い被《かぶ》さってきた。

「まず最初に、他の怪我がないかチェックするよ。じっくり診察しましょうね～？」

清楚《せいそ》な白衣の天使姿で、淫《みだ》らな表情を見せる雪音さん。

あ、これ知ってる。お医者さんごっこだ。一部の大人がやるアレだ。その辺りに置いて

あったのであろう、聴診器《ちょうしん》や注射器なども持ち出し、しっかり雰囲気《ふんいき》を作ってやがる。

「ご主人様。早速《さっそく》服を脱《ぬ》いでもらえる？」

しかも凄《すご》いこと言い出したぞ、おい！

「いや、何で脱がなきゃいけないんですか⁉」

「だって、診察の時は上着を脱いだりするでしょう？　だから天真君も全裸《ぜんら》になって？」

「誰がなるか！　そもそも、他の怪我とかないですから！」

「あ、もしかして恥《は》ずかしいの？　それなら、私が手本を見せてあげるね？」

雪音さんが、羽織った白衣の前を開く。

中に見えるのは、真っ赤なパンツと、お揃《そろ》いのブラ。そして雪音さんは躊躇《ちゅうちょ》なく、ブラのホックに手をかけて外した。しまわれていた爆乳《ばくにゅう》が俺の前に解き放たれる。

イヤ――！　変態――！　痴女《ちじょ》かこの人！　いや、そういえば痴女だったわ！

さらに彼女はその流れで、パンツに指を滑《すべ》り込ませた。セクシーな下着が太ももを滑《すべ》り、足の先から床《ゆか》に落ちる。雪音さんはあっという間に、裸《はだか》白衣姿になっていた。

「それじゃあ、ご主人様も脱ぎ脱ぎしようね？　一緒《いっしょ》に脱げば怖《こわ》くない♪」

「いや、脱がないよ⁉　っていうか隠《かく》せ！　体を隠せ！」

「やっぱり、自分で脱ぐのは恥ずかしいかな？　それじゃあ私が脱がせてあげる☆」

「そういうことじゃねえんだよ！」

しかし、こうなった雪音さんは俺の言葉など聞いちゃくれない。俺のシャツのボタンに手をかけて、あり得ない速さで外していく。

「ご主人様は、じっとしてるだけでいいんだよ？　あとは全部私に任せて？」

「や、止《や》めろバカ――――！　止めやがってください――――っ！」

すぐに全《すべ》てのボタンを外されて、シャツの前を開かれる。上半身はこれで裸も同然だ。

「それじゃあ、診察を始めるね？　痛いところはございませんか～？」

そして雪音さんが、ノリノリでナースになり始める。聴診器を俺の胸元に当て、心音を聞きながら俺の体を触診《しょくしん》する。胸や腹部、さらには頬《ほお》や首筋を、綺麗な指で撫《な》でてきた。

しかも雪音さんが身じろぎする度《たび》、それに合わせて巨乳《きょにゅう》が悩《なや》ましげに揺《ゆ》れている。今にも破裂《はれつ》しそうな巨乳がプルンとゴム鞠《まり》みたいに弾《はず》む。

こんなの、さすがに危険すぎる。いくら俺でも理性を保てる自信がないぞ……！

「あれ？　ご主人様の心臓、とってもドキドキ言ってるね？」

誰のせいだと思ってるんだよ。

「これは、ちゃんと全身を診ないとダメかなぁ？」

「え……？」

「この辺りに怪我はないみたいだから……。次はやっぱり、コッチかな☆」

雪音さんの視線が、俺の股間《こかん》に向けられた。

や、ヤバイ。ヤバイヤバイヤバイヤバイ。

「ご主人様のここ、診てあげるね？」

ニッコリと笑う雪音さん。そして彼女は、俺の股間に聴診器を当ててきた。

「ぬわああああああああああああああああ⁉」

「あ。やっぱり元気がないみたい。ドキドキッて音、聞こえないよ？」

むしろ聞こえたらおかしいだろうが！

「でも、安心して？　今すぐ元気にしてあげるから」

そう言い、雪音さんが白衣を開いて、俺に裸を見せつけてくる。膨《ふく》らんだお餅《もち》のような胸に、細く美しい腰回《こしまわ》り。色気の溢《あふ》れる太ももに、女性の一番大切な秘部――

「ほらほら。どうかな？　元気になった？」

「っっっ‼⁉」

俺は慌《あわ》てて目を塞《ふさ》ぐ。自分の顔が真っ赤になっているのが分かった。

「まだ元気じゃない？　それじゃあ直接診てあげるから、下も脱ぎ脱ぎしましょうね？」

ノ――――――――――――ッ！

この人、これ以上ナニする気だよ!? こんなん絶対治療じゃないじゃん！ ただのご奉仕プレイじゃん！ あとさっきからの『元気にする』って、絶対卑猥《ひわい》な意味だろう！

「よいしょっ、よいしょっ。まずはベルトを外しましょうね～☆」

「うわあああ!? 雪音さん、触《さわ》らないでくださいっ！」

おい、誰かこのドMをとめろ！ お願いです！ 止めてください！

神様！ 仏様！ 恵比寿《えびす》様！ もうどんな存在でもいいから、今すぐ俺を救ってくれ！

誰でもいいから助けに来てくれ――――っ！

「雪音会長っ！ ご無事ですか――!?」

げえええ～～～～～～～～～っ！ 布施さんんんんんんんん!?

やべーのが来た！ やべーのが来た!!

誰でもいいとは言ったけど、よりによって一番アカンやつ来た――――！

「雪音会長？ あれ？ いないのかな……？ 一条君に連れてこられたはずだけど……」

だが幸い、ベッドの周囲はカーテンによって仕切られている。俺たちの存在はバレていない。このまま静かにやり過ごせば……！

「ほらご主人様。ズボン脱いで？ それとも脱がせてあげよっか？」

いかん！ いかんよ雪音さん！ そんなことしてる場合じゃないよ！

この人、プレイに夢中になって布施さんの存在に気づいてねえ！

「はぁはぁ……。ご主人様のココ、たくさん診察してあげたいよぅ……」

「はうっ!?」

雪音さんが、俺の股間に触《ふ》れた。まるで触診するかのように、優《やさ》しく指を這《は》わせてくる。

「あれ……？　なにか聞こえたような……？」

しまったあぁぁ――――！　今の声で気づかれた！

「あ、そうか！　ベッドの方にいるのかも」

布施さんがゆっくりとこちらに歩み寄ってくる。うわぁ、完全にロックオンされたぞ！

「ご主人様ぁ……服脱いで？　あなたのムスコを、ご奉仕させて……？」

お前はいつまでやってんだよ！

「会長～。そこにいるんですか～？」

カーテン越《ご》しに見える彼女の影《かげ》が、だんだん大きくなってきた。

今このカーテンを開けられたら、終わる。雪音さんの性癖《せいへき》が白日の下《もと》に晒《さら》される。

いくら布施さんが雪音さんを崇拝《すうはい》・信仰《しんこう》していたとしても、彼女が自分から男を襲《おそ》うシーンを見れば、考えを変える可能性が高い。何とかしてこの場を切り抜《ぬ》けないと……！

うおおお！　考えろ、考えろ俺っ！　全国模試で一位常連の天才的な頭脳を駆使《くし》して対処法を考えろおおおお！

「――――はっ！」

死に物狂《ぐる》いで頭をひねっていた、その時。

俺の目に一つのアイテムが映った。

※

直後、布施さんが仕切りの向こう側から言う。

「会長～、すみません。開けますよ～？」

カーテンに手をかけて、ゆっくりと開く。そして、彼女が見たものは……。

「よ、よう。布施さん。お疲《つか》れ様」

ベッドに入った雪音さんと、パイプ椅子《いす》に座る俺だった。

ちなみに雪音さんは、顔が隠れるほど深く布団《ふとん》を被《かぶ》っている。

「………なんで一条君までいるの？」

不機嫌《ふきげん》さを隠そうとせず、冷たい声で尋《たず》ねる布施さん。

「当然だろ？　俺が雪音さんを運んだんだから。そしたら先生がいなくてさ。仕方ないから待ってたら、途中《とちゅう》で雪音さんが寝ちゃったんだよ。最近疲れてるみたいだったから」

「ふーん……。それで、会長は大丈夫《だいじょうぶ》なの？　ほんとに怪我《けが》とかしてないの？」

言いながら、雪音さんの様子を見るために布団をめくろうとする布施さん。

「ま、待て待て！　布団に触るな！　せっかく寝たのに、起こしちゃ可哀想《かわいそう》だろう」

「あ……確かに、それもそうね」

「それより！　愛佳さんは大丈夫なのか？」

「うん。幸い怪我はなかったみたい。今は先生に頼《たの》まれて、別の仕事をしに行ってる」

それでこの子が来ちゃったのか。愛佳さんがいれば、うまく止めてくれただろうに。

「なら布施さんも仕事に戻《もど》ってくれ。俺は先生が来るまで、ここで会長を見てるから」

「え⁉　そんなの任せられないよ！　会長は私が見てるから、一条君が戻ってて！」

「俺は生徒会入ったばっかりだから、仕事の流れとか分からないんだよ。布施さんの方が、効率的に働けるだろ？」

「むぅ……」

悔《くや》しげに言葉を詰《つ》まらせる布施さん。しかし、すぐに気を取り直す。

「……分かった。じゃあ私が先生を呼んでくるから！　会長に変なコトしないでよっ！」

そう言って保健室を飛び出す布施さん。先生を探しに、ものすごい勢いで駆《か》けて行く。

……ふぅ。これで何とか、やり過ごせたな……。

俺は安堵《あんど》の息を吐《は》きながら、雪音さんの布団をめくった。

「これを見られたら、アウトだったけど……」

現れたのは、先ほどと同じ裸白衣姿の雪音さん。だが、さっきとは違《ちが》う部分もある。

雪音さんの全身が、包帯で拘束《こうそく》されていたのだ。雑に巻かれた包帯が雪音さんの体を縛《しば》り付け、彼女の身動きを封《ふう》じている。

俺は布施さんがカーテンを開ける少し前、雪音さんが持ち出した包帯を見つけて、それで彼女を封じたのだ。あとはベッドに叩《たた》き込み、彼女の体を布団で隠蔽《いんぺい》したのである。

この閃《ひらめ》き、もはやＩＱ百五十レベル。天才的な思い付きで何とか危機を乗り越《こ》えた。

「ふぁあん……！　やっぱり縛られるの、気持ちいぃ……！」

そんな俺の苦労も知らず、幸せそうに頬を火照《ほて》らす雪音さん。

拘束プレイを楽しんだ彼女は、布施さんが戻ってくる前に賢者《けんじゃ》モードへ突入《とつにゅう》した。

また、俺たちが使った用具は、養護教諭《きょうゆ》に謝った上で新品に替《か》えるようお願いした。

第三章　あなたの力になりたくて

生徒会に入って色々と仕事をこなしている内に、文化祭の開催日《かいさい》はもうすぐそこまで近づいていた。それに伴《ともな》い、各クラスの準備も大詰《おおづ》めを迎《むか》え、皆《みんな》が忙《いそが》しそうにしている。

八時過ぎ。俺と雪音《ゆきね》さんが仕事を終えて帰宅すると、月乃《つきの》がリビングでうなだれていた。

彼女の座る席の周りには、アクセサリーなどを作成できるレジンのセットが散らかっている。最近月乃が文化祭で売るアクセサリーをここで作っているためだ。

「はぁ……疲れた……。皆、アタシにばっか任せるんだから……」

「大丈夫？　月乃ちゃん。なんだか表情暗いけど……」

ぼやく月乃に、雪音さんが話しかけていく。

「大丈夫じゃないわよー……。夏帆《かほ》も麻由里《まゆり》も、自分が作る分のノルマ、ほとんどアタシに任せてくるのよ？　しかも『月乃こういうの得意でしょー』とか『アタシ、彼氏とのデートで忙しいから～』とか言って……！　今度絶対奢《おご》らせてやる……！」

「あはは……大変そうだね、月乃ちゃん。それじゃあ、元気ができるように美味《おい》しい晩御《ばんご》飯《はん》作ってあげる！　すぐに支度《したく》するから、ちょっと待ってて？」

「あ、ゴメン……。早く帰ってきたんだから、本当はアタシがやるべきなのに……」

「いいよいいよ〜。気にしないで？　今はクラスのことに集中してね」

雪音さんが優しく月乃の肩《かた》に手を添《そ》える。

と、その時。花鈴《かりん》がドタドタと降りてきた。

「雪音お姉ちゃーん！　助けて――――！」

彼女はリビングに飛び込みながら、エプロンを雪音さんの前に広げた。

「花鈴のエプロン、不良品でした！　この紐縫《ひもぬ》い直してください！」

それは花鈴が屋台で使うエプロンらしい。紐の部分が今にも取れそうになっている。

「花鈴……。そんなことも自分でできないの？　アンタ、将来困るわよ？」

「できないものはしょうがないもん！　お姉ちゃんお願い！　明日までに何とか！」

「はーい、任せてー♪　明日の朝までに直しておくね」

「やったー！　ありがとうお姉ちゃん！」

喜び、雪音さんに飛び掛《か》かる花鈴。雪音さんはそんな花鈴の頭を撫《な》でる。

「とりあえず、まずは夕食作っちゃうね。二人は部屋で休んでて？」

「分かったわ。ありがとう、雪姉」

「裁縫《さいほう》道具、用意しとくね！」

二人は雪音さんの指示通り、仲良く二階の部屋へと戻る。

そして二人が去った後。俺は我慢《がまん》できずに雪音さんに尋ねた。

「雪音さん。本当に大丈夫ですか？」

「え？　何が？」

「だって、雪音さんも色々大変でしょう？　それなのに二人の面倒《めんどう》も見てるから……」

俺としては、雪音さんが頑張《がんば》り過ぎるのは困る。また学校でドM行為《こうい》をされたりしたら、
今度こそ秘密がバレそうだ。それに、単純に彼女の体も心配だしな。

「天真《てんま》君……なんだか最近、とっても私に優しいね？」

雪音さんがニコッと微笑《ほほえ》みかけて、そのまま俺を軽く抱《だ》く。そして、

「ありがとね？　でも、大丈夫だよ。私は皆のお姉ちゃんだもん」

さっき花鈴にもしたように、俺の頭を撫でてきた。

「………」

この人は……俺がどれだけ心配しても、こうして余裕《よゆう》そうな態度をとるよな……。

なんか、ちょっと癪《しゃく》な気がする。俺が常に負けているみたいで……。

「お姉ちゃんにとって、妹たちに頼《たよ》られるのが一番嬉《うれ》しくて幸せなんだよ？　だから心配

なんてしないでね？」

「わ、分かりましたよ……。分かりましたから、離《はな》してください」

照れくささや悔《くや》しさに負けて、雪音さんの抱擁《ほうよう》から逃《のが》れる。

途中、彼女がこう言い加えた。

「それに……忙しくなればなるほど、快感ゲージが上がるから！　はぁぁん！」

「……うん。やっぱ夕食は俺が作りますね？」

俺は雪音さんを強引《ごういん》に退け、キッチンで夕食の調理を始めた。

※

文化祭前日。

この日は一日授業がつぶれ、文化祭準備に費やされる。毎年俺がクラスの準備を放置して、自習に明け暮れる時間である。──今回はそうもいかないが。

「天真君。その掲示板《けいじばん》はこのポスターだよ〜。で、その下にこれもお願いね？」

「あ、すみません。了解《りょうかい》です」

俺は今、雪音さんと二人で生徒会の仕事に勤《いそ》しんでいた。その内容は、校内各所の指定の位置に、決められたポスターを貼《は》るというもの。

そして俺は仕事をこなしながら、雪音さんのドM性癖が暴走しないよう見張っていた。

ちなみに他の二人は今頃《いまごろ》、開会式の椅子出しなどをしているはずだ。

「えっと……。これでこの階は済んだかな……？」

「そうですね。あとは、特別棟《とう》の方に行きましょう」

——と、別の場所へ向かおうとした時。

「あ、雪音会長！　ちょっとこっちに来てもらえませんかー？」

近くにいた一年の女子が、雪音さんのことを呼び止めた。はぁ……。これで三度目か。

「どうしたの？　何か困ったことあった？」

「ちょっとクラス展示のやり方で、会長のアドバイスが欲しくって——」

今日一日、雪音さんは行く先々で色々な生徒に呼び止められて、クラス準備の手伝いをお願いされている。しかもそれを彼女は、律儀《りちぎ》に全部引き受けていた。

「うん、分かった。それじゃあ早速《さっそく》教室を見せてくれるかな？」

「ありがとうございます、雪音会長！」

女子生徒に案内されて、一年の教室へ行く雪音さん。俺もその後に付いていく。

そして彼女は展示してあるバルーンアートを一目見て、すぐにアドバイスを開始した。

「う〜ん、この作品は中央に展示した方がいいよ。その方が全体のバランスもいいし」

「なるほど！　それは思いつきませんでした！」

ってか雪音さんの言葉に、すぐ配置を入れ替《か》える一年生たち。

雪音さん、同学年だけじゃなく下級生にもすごく頼りにされてるんだな。この様子を何度も見ていると、彼女が普段《ふだん》は本当に良い会長なんだと実感する。家でも学校でも、周囲の人皆から頼られていて、聖人君子みたいな人だ。

まさか彼女がドMだなんて、俺や愛佳《あいか》さん以外は微塵《みじん》も思ってないだろうな。

「うん。こんな感じでいいと思うよ〜。とっても見栄《みば》えが綺麗《きれい》になった！」

「はい！　ありがとうございます！」

クラスの子たちが頭を下げて、雪音さんに感謝を述べる。そして一年の教室を出た。

「やっぱりすごい人望ですね。こんなに頼りにされてる人、雪音さん以外いませんよ？」

「ううん。そんなことないよ〜。私なんて、会長としてまだまだ力不足だもん。それに生徒たちの力になるのは、会長として当然だから」

しかも、決して実力をひけらかさない。本当にこの人、変態でさえなかったらなぁ。

「でも、皆頑張《がんば》ってて凄《すご》いね〜。前の文化祭より、催《もよお》し物に力が入ってる気がするよ」

「あー……。そう言えば、そうですね」

確かに皆、思ったより必死に準備をしていた。

今日見ただけでも今のバルーンアートに加えて、巨大《きょだい》ジオラマの展示にボルダリングコーナーなど、気合いの入った内容が多い。文化祭への熱意を見せつけられた気分だった。

俺としては、文化祭なんて時間の無駄《むだ》だと思うけどな。こんなのただの遊びだし。

俺は雪音さんのことが無ければ、今頃一人で勉強をしていたことだろう。

「天真君……大丈夫《だいじょうぶ》？　なんだか、浮《う》かない顔してるけど……」

「い、いえ！　そんなことないですよ？」

いけない。退屈《たいくつ》が顔に出てしまっていた。

いくら文化祭が苦手でも、今の俺は生徒会の一員。仕事はしっかり取り組まないと。

「あ、生徒会長！　ここにいたんですかっ！」

と、またいきなり雪音会長を求める声。

振《ふ》り向くと、今度は一年の男子生徒が慌《あわ》ててこちらへ走ってきた。

「雪音会長、お願いです！　どうか俺たちを助けてくださいっ！」

どうやら、またもやヘルプ要請《ようせい》のようだ。しかも、とても焦《あせ》っている様子。

「助けるって、どうかしたの？」

雪音さんが聞くと、男子生徒は息の切れたまま話し始めた。

「俺たち、クラスでドラマの撮影《さつえい》をするんですけど、それでかなり困ったことが……」

ドラマ撮影か。これまた気合いの入った出し物だな。

「今日は最後の撮影の後に、急ピッチで動画編集を終わらせる予定だったんですが……。出演予定だったキャストが二人とも風邪《かぜ》で休んじゃって……」

『え？』

俺と雪音さんの声がハモる。

おい、マジか。本番はもう明日だぞ。この状況《じょうきょう》でキャストが二人も欠けたのか……？

「代役を立てるにも、もうクラスの人間は全員別の役で出演してて……。せっかく今まで頑張って来たのに、このままじゃ、ドラマができないんです……」

「そ、そうなんだ……。それは大変だね……」

「だから、どうかお願いです！　生徒会の方たちで、代役を務めてくれないでしょうか！」

そう言い、深く頭を下げる男子生徒。

いや、でも……劇に参加って……。今までのアドバイスとかに比べて、大部負担が大きいぞ。いくらお願いされたからって、そう簡単にできるものじゃ——

「了解！　私たちでよければ、力になるよ～！」

「本当ですか⁉　ありがとうございます！」

いや、軽っ！　雪音さん返事軽っ！　そんな即決《そっけつ》していいの⁉

まあ雪音さん、大体のことはできるからな。俺と違《ちが》い演技にも自信があるんだろう。

「天真君も、私と一緒《いっしょ》に頑張ろうねっ！」

「えっ⁉　俺も出演するんですか⁉」

突然《とつぜん》、俺の身にも火の粉が降りかかりやがった。

「す、すみません！　足りないのは、男女のキャスト一人ずつなので……」

嫌《いや》そうな反応を示した俺に、男子生徒が申し訳なさそうな顔をして言う。

ってか、男女一人ずつって……。男の代役ができるのは、生徒会では俺一人なのに……。

「やってみようよ、天真君。お芝居《しばい》なんて、なかなか体験できないよ？」

加えて、おねだりするように言う雪音さん。

いや、そんなこと言われても！　さすがに俺も役者のバイトはやったことないぞ！

「先輩《せんぱい》！　どうかお願いします！　もう生徒会だけが頼りなんです！」

「私、天真君と一緒にお芝居やってみたいな〜」

渋《しぶ》る俺に、二人がぐいぐい畳《たた》みかけてくる。

くそ……！　こんなに言われたら、断るのもさすがに心が痛む……。

しかも、俺も今は生徒会の一員だ。『生徒たちの力になるのは、生徒会として当然』らしいし、それを無視するのは俺の仕事へのポリシーに反する……！

「……しょうがないですね。分かりましたよ……」

結局俺は、ため息交じりにそう言った。

「すみませんっ！　ありがとうございます！　本当にありがとうございます！」

俺の返事に、頭を下げまくる男子生徒。いや、別にそこまでしなくていいけど。

「でも俺たちが代役やるなら、他のシーンも撮《と》り直さないといけないんじゃないのか？」

「ご心配なく！　お二人の役は、ワンシーンしか出番がありませんから！」

そういうことなら、まあいいか……。たったワンシーンの撮影なら……。

「動画撮影……なんだかイメージビデオみたいだね……？」

おい、雪音さん。違うから。両腕《りょううで》で胸を挟《はさ》んで強調するのは止《や》めなさい。

「それじゃあ、早速シーンを撮っちゃおうか？　どこで撮影をやってるの？」

「あ、そうですね！　では、僕たちのクラスに来てください！」

そう言われ、俺と雪音さんは彼のクラスへ案内される。そこには撮影用のカメラなどが揃《そろ》い、机や椅子《いす》が変わった配置で並んでいた。これがそのまま撮影場所になるのだろう。

そして俺たちは、後輩たちから早速ドラマの説明を受けた。

「まずこのドラマのあらすじは『絶対に勉強したくない学生が、勉強至上主義の教師たちと自由をかけて戦う』という、熱血バトルストーリーです」

「へ、へぇ……。ユニークな内容だな……」

何だそのふざけた内容のドラマは……。文部科学省にケンカを売る気か？

「そして手伝ってもらいたいシーンは……。『落ちこぼれ生徒F役の少女が、モブの男教師に捕《と》らえられ、くっ殺《ころ》な目に遭《あ》わされる』とこです！　お二人にはそれぞれ、生徒Fの少女とモブ教師を演じてもらいます！」

「おい。ちょっと待ってくれ。『くっ殺《ころ》』ってどういう意味だ？」

聞きなれない言葉に、問いかける。

「『くっ、殺せ！』の略ですね。気高い女性が敵に捕《つか》まった時などに言うセリフです。そして今回、一条《いちじよう》先輩にはこの鞭《むち》で会長を叩《たた》いてもらいます」

後輩の一人が、オモチャの鞭を俺に渡《わた》す。

「いやいやいやいや！　ダメだろ、コレ！　こんな内容絶対ダメだろ！」

男が女に鞭振るうシーンとか、倫理《りんり》的にアウトじゃないのか!?

「雪音さん！　こんなドラマ、文化祭で流して大丈夫なんですか？　このシーン、問題しかない気がするんですが……！」

「え？　全然大丈夫だよ？　悪の組織が敵を鞭で痛めつけるなんて、子供向けアニメでもありそうだもん。それとも天真君、変なコトを想像しちゃったのかな〜？」

俺に賛同するどころか、ニヤニヤした顔でからかってくる雪音さん。ああもう、この人に聞いた俺が馬鹿《ばか》だった！

「それに、このクラスの皆《みんな》が頑張って考えたお話だもん。応援《おうえん》したいと思うでしょ？」

「うぐ……っ」

そうやって情に訴《うった》えられると、俺もさすがに強くは言えない……。

結局、俺の抗議《こうぎ》は通らず雪音さんに押し切られてしまう。

その後、俺たちは十分ほど台本を読んで話の流れやセリフを確認《かくにん》。幸いセリフは少なめで、カンペも出してくれると言うので、そう大変なことはなかった。

そして確認が終わり次第《しだい》、すぐに撮影開始である。

でもやっぱ、緊張《きんちょう》するな……。演技なんて初めてだし、心臓ドキドキしてきたぞ……。

「天真君、そんなに固くならないで？　失敗しても大丈夫だからね？」

「は、はい……。頑張ります……！」

確かに、緊張してもしょうがない。失敗してもリテイクすればいいだけだと後輩たちも言ってくれたし、とにかく心を落ち着けよう。何度か深呼吸をする。

そうこうするうち、雪音さんが壁《かべ》に磔《はりつけ》にされて、両手両足を封《ふう》じられた。そのすぐ隣《となり》に俺が立ち、スタンバイはOKだ。

「それじゃあ行きます！　よーい、アクション！」

監督役《かんとく》の生徒の合図で、いよいよカメラが回される。ここから、演技スタートだ！

「ふはははは！　その程度の学力で俺様に勝てると思ったのか!?　貴様など、俺の補習地獄《じごく》で優等生にしてくれるわ！」

「くっ……！　補習を受けるなら死んだ方がマシよ！　早く私を殺しなさい！」

「そうはいかん！　出来の悪いお馬鹿な生徒を更生《こうせい》させるのが教師の仕事。貴様の体に積分公式を直接叩き込《こ》んでやる！」

「や、やめなさいっ！　この人でなし！　PTAに訴えるわよ！」

……やっぱりこのシーン、おかしいだろ。何だこの意味の分からない展開は……。

そう思いながらも台本通りにセリフを言い、雪音さんへと鞭を振るう。オモチャの鞭が体に当たり、パチンと乾《かわ》いた音を出す。

「おらおらぁっ！　定積分の性質をしっかり体に刻みこめぇ！」

「きゃああっ！　だめぇえ！　数学が好きになっちゃううううっ！」

何度も何度も、繰《く》り返し鞭を振るう俺。雪音さん演じる生徒Fを痛めつけていく。

台本ではしばらく俺が鞭を振った後、主役の少年少女たちが少女Fを助けにくる予定だ。

そして鬼畜《きちく》教師は倒《たお》されて、めでたくシーン終了《しゅうりょう》となる。

早く撮影が終わることを願い、俺はまだまだ鞭を振る。

と、その時。

「はぁぁあんっ！」

雪音さんの悲鳴が、急に艶《つや》のあるものになった。

「あぅ……。はぁぁん……！　もうだめぇ……」

……あれ？　なんか演技おかしくないですか？　さっきと声色《こわいろ》、変わってません？

「はあっ……はあっ……。こんなにされたら、おかしくなりゅうぅ……！」

まさかこの人……興奮してる？　撮影中に、興奮してる……？

「ひゃあああああんっ！　らめえぇぇぇぇぇっ！　これしゅごいいいいいいいい！」

やっぱり明らかに興奮してる――――！

このドM、俺が鞭を振るう度《たび》に艶《あで》やかな嬌声《きょうせい》を上げていやがる！

考えてみれば……こんなシチュエーション演じたら、絶対雪音さん興奮するじゃん！

手足を縛《しば》られ、鞭を振るわれ、その上罵《ば》倒《とう》もされている。この上なくドMが喜ぶ状況。

あああああ！　俺のバカ！　このシチュエーションが倫理的にアウトだと思った時点で、こうなることは簡単に予見できたはずなのに！

役を演じる緊張のせいで、そこまで頭が回らなかった……！

「もうだめ！　先生もうだめぇ！　体、ビクビクしちゃうからぁぁ――――！」

うわああやめろ――！　そんな表情で痙攣《けいれん》すんな！　皆あなたを見てるから！　ついでにカメラも回ってるから――――！

今本性《ほんしょう》を晒《さら》したら、バッチリ記録されるんだぞ！　ってかそれ以前に、こんな淫《みだ》らに叫《さけ》んでいたら周りの下級生たちにバレ――

「す、すごい……！　雪音会長、すごく演技に没入《ぼつにゅう》している！」

なんかプラスに評価されてる！　この表情と喘《あえ》ぎ声がリアルな演技だとみなされてる！

これは嬉《うれ》しい誤算だが……。でも、いずれは下級生たちもこの違和《いわ》感に気づくかもしれない。そう思うと、油断は禁物だ。

俺も本来、今すぐ鞭を振《ふ》るうのを止めて、撮影《さつえい》を中止させるべきなのだろう。でも、突然それをしても不自然だ。ひょっとしたらその不自然さによって、雪音さんの性癖《せいへき》がバレるかもしれない。うまい言い訳も咄嗟《とっさ》には思いつかないし、俺はセリフを吐《は》きながら鞭を振り続けるしかない。下級生たちが気づかないのを、ひたすら神に祈《いの》りながら。

「おら！　もっとしっかり学べや！　このゴミ屑《くず》の底辺が！」

「ああんっ！　ごめんなさい！　社会の底辺ですみませんん！」

罵倒と鞭打ちのフルコースにより、雪音さんの顔がだらしなく緩《ゆる》む。

いい加減にしろ！　ステイだ雪音ええええええ！　えっちな顔は止めてくれ！

直に主人公が乱入して、俺を退治するはずだ！　それまで少し我慢《がまん》してくれ——！

ってか、主人公たち遅《おそ》くないか!?　台本通りならさっきのセリフのすぐ後に、皆が雪音さんを助けに来るはず……。

「雪音会長、なんて素晴《すば》らしい演技力なの……！」

「ああ……。俺たちなんかより、よほど上……！」

見入ってんじゃね——！　早くこっち来いや——————っ！

心の中で叫びながら、俺はさらに鞭を振り続けた。

※

「はぁ……はぁ……。ほんとに疲《つか》れた……」

「お疲れ様です！　とても素晴らしい出来でした！」

撮影の後、下級生たちが俺たちに頭を下げてきた。

結局、主人公たちが助けに来たのは、雪音さんの演技をたっぷり堪能《たんのう》した後だった。幸いなのは下級生たち全員が雪音さんのアレは演技だと思い、秘密が守られたことだろう。

そして、撮影は一発ＯＫだった。

「さすがは雪音さんですね！　叩かれてるときのあの悲鳴、まさに迫真《はくしん》の演技でした！」

「やっぱり雪音さん凄《すご》いよねっ！　これで撮影なんとかなるよ！」

「あはは。ありがとう～。でも、あんまり褒《ほ》められたら照れちゃうよ～」

下級生たちが雪音さんを羨望《せんぼう》の眼差しで見つめながら、尊敬の声を惜《お》しみなく送る。

「一条さんの先生役も、すごくよかったと思います！　本当にお疲れ様でした！」

「お、おう……。どういたしまして……」

気を遣《つか》ってくれたのだろう。最初に呼びに来た男子生徒が俺にも声をかけてくれる。

「あ、そうだ！　ぜひ確認をしてみてください！　今のシーン、ちょっと流しますので！」

「ああ、そうだな……。見せてくれ」

今の映像には、興奮して我を忘れかけた雪音さんの姿が映っている。下級生が気づかなかったとはいえ、これが原因で性癖がバレる恐《おそ》れがないか、確認する必要がある。

男子生徒が撮影機器をテレビに繋《つな》ぐ。そして、今撮ったシーンを映し出した。

「…………！」

それを見て、俺は息をのむ。

「あの……どうですか？　一条先輩《せんぱい》」

男子生徒が、俺の顔を覗《のぞ》き込み反応を確かめようとした。

いや、どうもこうもないだろう……。

これは――思ったよりも、よく撮《と》れてる。

ただ素人《しろうと》が演じただけなのに、予想より形になっていた。自分の演じてる姿というのは何だか恥《は》ずかしい感じはするが……。決して悪くはないんじゃないか……？

「……まあ、良く撮れてると思うぞ。多分……」

「ホントですか⁉　よかったぁ～！」

気恥《きは》ずかしさから、そんな言葉を返しておく。男子生徒は胸をなでおろした。

「あ、そうだ！　よかったら、他のシーンも見ていきませんか？　まだ全部のシーンを繋げてるわけじゃないですけど、一部は完成してるんで！」

「え？　いや、でも俺たちは他の仕事が――」

「ほら！　このシーンとか凄いんですよ！　演出効果とか、皆で考えて付けたんです！」

男子生徒はテンションが上がっているらしく、俺の言葉を遮《さえぎ》って画面に別のシーンを映す。それは、主人公と敵の戦いシーン。おそらく最終決戦だろう。ラスボスらしき教師たちと主人公役の少年少女が、互《たが》いに武器を持ち対峙《たいじ》する。そして、戦いを開始した。

瞬間《しゅんかん》、ゾワッと鳥肌《とりはだ》が立つ。

「な――っ！」

なんなんだ、この演出は……！　綺麗《きれい》な光のエフェクトが主人公の前に発生し、魔方陣《まほうじん》を形成する。さらにその陣から一筋の光線が発射され、大勢の敵を蹴散《けち》らした。そして倒された教師役の生徒は、黒い粒子《りゅうし》となり消える。

「わ～！　すご～い！　このビームの演出、格好《かっこう》いいね～！」

いつの間にか隣で見ていた雪音さんが、目を光らせて歓声《かんせい》を上げる。

「本当ですかっ⁉　ありがとうございます！　この演出、自信作なんですよ！」

「演出効果もそうだけど、カメラの動きとかカット割りも、臨場感が出るようにすごく計算してるよね？　アクションシーンって、ドラマとかだと難しそうな印象があるけど、工《く》夫《ふう》のおかげで楽しく見れるよ？」

「ゆ、雪音会長……！」

「皆の熱意が伝わってくる、とてもいい作品だと思う！　皆すごいね！　頑張《がんば》ったね！」

「は、はいっ……！」

雪音さんの賞賛に、クラスの皆が様々な形で喜びの感情を露《あら》わにした。ガッツポーズを作ったり、友達とハイタッチをしたり。中には、目を潤《うる》ませるものもいた。

でも……確かにこれはすごい。

俺も気づけば、このシーンが終わるまで画面に釘付《くぎづ》けになっていた。知らない内に、この作品にすっかり圧倒《あっとう》されていた。

そしてシーンが全部終わると、男子生徒が誇《ほこ》らしげに言う。

「これから雪音会長と一条先輩に出てもらったシーンも、演出ガンガン盛っていきますから！　明日は是非《ぜひ》、俺たちのクラスに観に来てください！」

「あ、ああ……。時間があったら、来させてもらうよ」

「私も当日は忙《いそが》しいけど、できる限り行くようにするね！」

これは、正直観に行きたい……。彼らの作品には、そう思わせるだけの力があった。

「雪音会長……。一条先輩……。お二人のおかげで、この作品を完成させることができそうです。これ以上ないほど助かりました」

男子生徒が、改まって俺たちに向き直る。

「今日は手伝って頂いて、本当にありがとうございました！」

『ありがとうございました――――っ！』

そして、クラスの全員が頭を下げた。

「あはは。これくらい大したことないよ～。それじゃあ最後の追い上げ、頑張ってね」

『はいっ！』

雪音さんの言葉に、彼らは一丸となって答えた。

そして俺たちは、元の仕事に戻《もど》るためにこのクラスから出ていった。

「──ねぇ、天真君。今の作品、天真君はどう思ったかな？」

「え……？」

不意に、雪音さんが漠然《ばくぜん》とした問いを投げてくる。

「天真君の率直《そっちょく》な感想が聞きたいなって。天真君、今の見てどう思った？」

「それは……」

あの創作ドラマを見た感想……。いつもの俺なら間違《まちが》いなく、『無駄《むだ》なものだ』と一蹴《いっしゅう》していたことだろう。そんなのを作る暇《ひま》があるなら勉強や仕事をするべきだ、と。

でも──

「……話自体は、すごく変だったと思います。それでも……本気度は伝わりました」

俺は、今までとは違う感想を抱《いだ》いていた。

「雪音さんの言う通り、一生懸命《いっしょうけんめい》作ってるなって……。正直、面白《おもしろ》かったです」

「だよね？　やっぱりそうだよねっ！」

雪音さんが目をキラキラさせながら語りだす。

「文化祭ってね。本気になれば、結構すごい物作れるんだよ？　皆普通《みんなふつう》の学生だけど、頑張ればあんなにワクワクする映像も撮れるの。天真君、びっくりしたんじゃない？」

「ええ……。すごいクオリティでしたから」

「きっとアレを作り上げるまでに、皆は本気で努力して、力を合わせてきたと思う。本気で文化祭に向き合って、その結果すごいいいものができたんだよ！」

確かに本気で頑張らなければ、素人がたった二週間であれを撮るのは難しいだろう。

今まで俺が時間の無駄だと決めつけていた文化祭の準備期間中、彼らは一体どれほどの苦労を重ねてきたのだろうか。俺にはとても想像できない。

そんな彼らの努力や苦労を、その先に完成した作品を、無駄なものとは言えなかった。

むしろ——その作品に少しでも自分が関われたことが、なんだか少し嬉しかった。

「だから、文化祭も捨てたもんじゃないと私は思うな。本気で頑張れば、そこから得られるものだって何かあるかもしれないよ？」

「……！」

さっき、役者を演じた後。自分の演技する映像を見た時に湧《わ》き上がってきた達成感が、俺の胸に思い起こされる。勉強や仕事で得られるものとは、少し違った充実感《じゅうじつかん》。

「天真君にも、楽しんで文化祭に取り組んでほしいな。その方がきっとためになるよ」

そう言い、可愛《かわい》らしくウインクをする雪音さん。

そして彼女は説教臭《くさ》さを出さないためか、すぐに話を切り替《か》える。

「さてと。それじゃあ、残りのポスター貼《は》っちゃおっか。あとは特別棟《とう》だったよね」

楽しそうに言いながら、軽い足取りで特別棟へと向かう彼女。

「あ、あのっ！　雪音さん！」

それを、俺は呼び止めた。

「ん？　天真君、どうしたの？」

振り向いて俺を見る雪音さん。俺は数秒の逡巡《しゅんじゅん》の後、少しだけ勇気を出して言う。

「……他のクラスも、少し回ってみませんか？」

「え……？」

さっきまでの俺は絶対に言わなかったであろう一言に、キョトンと目を丸くする彼女。

「いや、その……。他にも困ってる人がいるかもですし……。生徒会として、それくらいはしとくべきかなって」

なんか、こういうの妙《みょう》に照れるな……。でも、ここはちゃんと気持ちを口にするべきな気がする。俺の中に浮《う》かんだ思いを、ちゃんと大事にするために。

「うんっ！　一緒《いっしょ》に見回りしてみよっか！」

雪音さんは、すぐに明るい笑顔《えがお》を浮かべて俺の気持ちに応《こた》えてくれた。

※

各クラスの見回りを終えて、ポスターも全《すべ》て貼り終えた後。

俺たち生徒会メンバーは、家庭科室を借りて喫茶店《きっさてん》業務の練習をしていた。ここなら気軽に調理器具を使って、フードメニューの練習ができる。

と言っても、料理を作るのは主に雪音さんだ。普段《ふだん》から料理を完璧《かんぺき》にこなす彼女なら、何も心配することはない。事実、試食したパンケーキはとんでもなく高い完成度だった。

そしてその後は、接客の練習をする流れになった。

「接客か……私、あんまり自信ないかも……」

「私もやったことないな～。でも、私たちは接客はしないんじゃないかな？」

不安そうにする布施《ふせ》さんと、それを慰《なぐさ》める雪音さん。

一応当日の分担としては、雪音さんと布施さんがキッチン、俺と愛佳さんがホールである。キッチンの二人が直接お客さんと関わることは、多分ほとんどないだろう。

「しかし、一応皆で練習くらいはしておいた方がよろしいかと。当日は何があるか分かりませんし、一度お客役と店員役に分かれて、シミュレーションをしてみては？」

「あ、じゃあ俺が客役をやりますよ。俺は接客自信あるんで、皆を指導できますから」

愛佳さんの提案を受け、俺は率先《そっせん》して手を挙げた。

なんといっても、接客はバイトの定番だ。これまで数多《あまた》の飲食店に勤め、近所のお店の店員たちから『接客の王』または『接客の主』として恐れられた俺の血が滾《たぎ》るぜ……！

「え……一条君に接客するの……？」

死んだ虫を見た時のような目で、拒絶《きょぜつ》反応を示す布施さん。おい。俺ってそんなにか。

「円《まどか》ちゃん。天真君は私たちのために言ってるんだよ？　不安なら一応練習しとこ？」

「うう……。雪音会長がそう仰《おっしゃ》るなら……」

どんなに俺のことが嫌《きら》いでも、雪音さんの命令だけは聞くらしい。

「じゃあ、まずは布施さんだな。今俺が入店したって設定で、早速《さっそく》接客を始めてくれ」

「分かってるよ……。コホン」

布施さんが咳《せき》ばらいを一つする。そして気持ちを切り替えて、店員として切り出した。

「……いらっしゃらなければよかったのに」

「早速ひでぇ！」

こいつ、全然気持ち切り替えてないじゃん！　全く店員できてないじゃん！

「はぁ……。ただいま満席となっていますので、床《ゆか》に這《は》いつくばっていただけますか？」

「どこをどう見てもガラ空きじゃねーか！　しっかり案内してくれよ！」

「案内されないと一人で席にもつけないの？　だから一条君はダメなんだよ！」

「なんで俺が怒《おこ》られてんの!?」

この接客、塩対応過ぎる。ツンデレなんてちゃちなもんじゃねーぞ。

しょうがないので、俺はすぐ近くの椅子《いす》に腰《こし》かける。そして手を挙げて店員を呼んだ。

「あの、すみません。注文お願いできますか？」

「ダメだよ。当店は全部セルフサービスになってるからね」

なってない、なってない。そんなこと一切《いっさい》決めてない。

一応、悪態をつきながらも布施さんがこちらにやってくる。

俺は事前に皆で作ったメニューを開き、その中のドリンクを指さした。

「とりあえず、ミルクセーキを一つ」

「み、ミルク精液!?　なんてもの注文するの変態！」

「ちげーよ！　んなもん飲むわけねえだろ！」

なんだその気色の悪い飲み物は！　世界のどこにも需要《じゆよう》ねえよ！

「あー、それじゃあ……。やっぱりマンゴージュースください」

「ま、まままマ○コジュース⁉」

「マジで一回耳鼻科行ってくんない⁉」

こいつ、何でもそれに結び付けやがるな！　性に敏感《びんかん》すぎるだろ！

「もういい、もういい！　ミックスジュースだ！　ミックスジュースを一つくれ！」

「チッ……。は～い、かしこまりました～」

すげーな、この子。もう舌打ち程度気にならねえわ。

「よいしょっと……。はい、できたよ」

布施さんが憮然《ぶぜん》とした表情で、ミックスジュースをコップに注いで俺から離《はな》れたテーブルに置く。……どうやら、ここまで持ってくる気は無いらしい。

「あ、あのな……。接客なんだから、ちゃんと席まで持ってこないと……」

「そう言って飲み物運んで行ったら、どうせ事故を装《よそお》って胸を揉《も》んだりパンツ脱《ぬ》がせたりお尻触《しりさわ》ったりする気なんでしょ？　ほんと変態！　大っ嫌い！」

うん……。何かもう、それでいいや。俺は立ち上がり、自分でジュースを取りに行く。

ちなみにその際、俺が近づくのと同じ分だけ、彼女は俺から離れていった。

まあ、ここまで遊ぶ余裕《よゆう》があればきっと本番は大丈夫《だいじょうぶ》だろ……。普通《ふつう》のお客さんにはこんな塩対応しないだろうし。第一俺が何か教えても、受け入れてくれないだろうしな。

「じゃあ、天真君！　次は私だね！」

続いて、雪音さんが張り切って手を挙げる。

彼女は早速客役である俺の側《そば》に寄り、元気のいい挨拶《あいさつ》で出迎《でむか》えた。

「いらっしゃいませ、ご主人様っ！」

いきなり性癖《せいへき》全開で来たぞ⁉

「いや、何で『ご主人様』とかつけるんですか！　危ない発言は止《や》めてください！」

「え？　でもこういう接客の方が喜ばれると思ったんだけど……」

「それで喜ぶのは一部の紳士《しんし》の方だけですから！」

そんな特殊《とくしゅ》なプレイ、学園祭でできるわけねーよ。まぁ、コスプレ喫茶も際《きわ》どいけど。

「とにかく、普通のウェイトレスでお願いします」

「分かった。普通の店員さんね」

雪音さんは深呼吸を一つして、再び笑顔で接客を開始。

「いらっしゃいませ、お客様！　本日はどの子をご指名ですかー？」

「より特殊な店になってんじゃねえか！」

何⁉　キャバクラ⁉　ここキャバクラなの⁉　喫茶店に指名とかないよ⁉

「雪音でーす。ご指名ありがとうございまーす」

「いや、してねぇし！　ってかウェイトレスが隣《となり》に座るな！」

「当店はおさわり自由となっております－。どのようなプレイをお望みですか－？」

「なんのプレイもお望まねぇよ！」

　この人ふざける気満々じゃねぇか！　……いや、まてよ。ひょっとして、本気でこんな接客する気か？　変態だし、ないとは言い切れない。

「一条……いつかぶっ潰《つぶ》してやる……！」

　ってかもう、布施さんの視線が痛い。多分彼女は、俺が雪音さんにああいうセリフを言わせていると思ってるんだ。これ以上練習を続けたら、きっと俺は彼女に殺される。

「……雪音さんはとりあえず、壁《かべ》に向かって『いらっしゃいませ』『何名様ですか？』『お席にご案内いたします』って、百回ずつ唱えてください。それまで戻《もど》ってこないように」

「ひゃ、百回も⁉　そんなのさすがに辛《つら》すぎるよ！　……はぁはぁ」

「いいから練習してください！」

　本番でやらかさないように、普通の接客をインプットしておいてもらわないとな……。

　まあ、雪音さんは基本厨房《ちゅうぼう》担当だから、問題ないとは思うけど。

「それでは、最後は私の番ですね」

　と、愛佳さんが名乗りを上げてきた。……………うへぇ。この人もやるのかぁ……。

愛佳さん、秘書の仕事は優秀《ゆうしゅう》らしいが家事とかまるでダメだからな……。接客でもとんでもないミスをやらかしそうだ……。

「なんですか？　その『うへぇ。この人もやるのかぁ……』という目は。心配しなくても、接客くらい普通にできます。これでもメイドの端《はし》くれですよ？　私を信用してください」

誇《ほこ》らしげに胸を張る愛佳さん。よほど自信があるようだ。

まぁ、確かにそれもそうか。いくら料理や掃除《そうじ》が苦手でも、普通の接客くらいできるか。

お客さんを席に案内して、注文をとって運ぶだけ。なんの技術もいらないしな。

それに料理が無理な以上、この人の仕事は接客だけだ。それくらいはできないと困る。

「それじゃあ、軽くでいいのでやってみてください。変なミスしないでくださいよ？」

「お任せください。では、行きます」

愛佳さんが俺の前に歩みより、始める。

「いらっしゃいませ、お客様。一名様でよろしいでしょうか？」

「あ、はい。一人です」

「かしこまりました。それではこちらのお席へどうぞ」

「はい。ありがとうございます」

「メニューはこちらになりますので、ご注文がお決まりになりましたらお呼び下さい」

「あ、じゃあホットコーヒーで」

「ホットコーヒーですね。かしこまりました。少々お待ち下さいませ」

軽く礼をし、席から去っていく愛佳さん。

おお……。思ったよりも、そつなく接客をこなしているぞ。

本人の言う通り、これくらい普通にできるんだ。なんかものすごく安心した。

そして意外にもテキパキした所作でコーヒーを注ぐ愛佳さん。彼女はそれをトレイに載《の》せて、俺の元へと運んでくる。──その時。

「はっ！　不覚ッ！」

案の定転んで、ホットコーヒーが俺へと盛大にぶちまけられた。

「あっつうううううううっ！」

痛い痛い痛い！　熱さで痛い！　あまりの熱さで思わず席から倒《たお》れたぞ！

「愛佳先輩《せんぱい》、大丈夫ですか⁉」

布施さんが転んだ愛佳さんに駆《か》け寄って気遣《きづか》う。おい、違《ちが》うだろ。まずは俺だろ。

「天真君！　これで体冷やして！」

雪音さんが冷水で濡《ぬ》らしたタオルを使って、被弾《ひだん》した箇所《かしょ》を冷やしてくれた。ああ、この人が近くにいてよかった……。

「災難だったね、天真君……。でも、珍《めずら》しいね。愛佳があんなミスするなんて」

いや、むしろ必然です。この人ホントはこうなんです。

「そ、それは……」

自分がドジなのを隠《かく》すため、言い訳を探す愛佳さん。そして彼女は言い放つ。

「こうするのがメイドの作法と伺《うかが》ったので……。天真様から」

「いや、俺かい！」

この人、ナチュナルに俺のせいにしやがった！

「あ〜……。なるほど。ドジっ子メイド的なヤツだね！」

雪音さん！　それで納得《なっとく》しないで！

「キモ……。ほんとに変態だね」

そして布施さんは相変わらず、虫を見るような目を向けてくる。

……とりあえず愛佳さんには当日、配膳《はいぜん》用のカートを使ってもらうことにした。

※

接客練習が終わってから、俺たちは生徒会室に戻ってお店の準備を整え始めた。

机や椅子の配置を行い、さらにテーブルクロスや造花によってオシャレな雰囲気《ふんいき》を醸《かも》し出す。室内はフラワーポンポンで飾《かざ》り付け、出入り口には可愛《かわい》らしいイラストを描《か》いたブラックボードの看板を置く。文化祭らしくなり、次第《しだい》にテンションが上がっていった。

「よし！　あとは輪っかの飾りでも作るか。それとテーブルにメニューを置いて――」

「あはは。天真君、張り切ってるねー」

途中《とちゅう》で雪音さんが話しかけてきた。確かさっきまで、コスプレ喫茶で着るための衣装《いしょう》を作ってくれている被服《ひふく》部の人と、電話で話していたはずだ。

「あ、雪音さん。衣装の方はどうでした？」

「うん、大丈夫。ギリギリにはなっちゃってるけど、明日の朝一で届けられるって」

「そうですか。ならよかったです」

衣装が無いと、コスプレ喫茶にならないからな。とりあえずは一安心だ。

と、雪音さんが俺の顔をじっと覗《のぞ》き込む。

「天真君、なんか前よりも活《い》き活きしてるね？」

「え……？」

「前は文化祭なんて興味ないって言ってたけど、今はとっても楽しそうだよ？　さっきの接客の練習も、進んで参加してくれてたし」

「あ、いや……。それは、その……」

そういえば……雪音さんに諭《さと》されてから、積極的に準備に参加してたな。俺……。改めて指摘《してき》されてしまい、無性《むしょう》に恥《は》ずかしくなってきた。

「それは、まぁ……。こういうのも、たまには悪くないかなって……」

「そうだよね！　やっぱり文化祭、楽しいよね！」

小声で言うと、雪音さんが明るく微笑《ほほえ》んだ。

「天真君にも分かってもらえてよかったよ～！　文化祭って、いいものだよね！」

「まあ……確かにそうですね……」

文化祭の準備を率先《そっせん》して行ったのも、そして文化祭当日が楽しみだと思えているのも、俺の中では初めてのことだ。仕事に取り組んでいる内に、段々その気になっていた。

「よしっ！　それじゃあ一緒《いっしょ》に飾り付けしよっ！　後は輪っかの飾り作るんだよね？」

「あ、はい。ってか、材料の紙はどこに……？」

辺りを見回すが、それらしきものはどこにもない。

「あ。もしかしたら、買ってないのかも……」

大抵《たいてい》の必要なものは、以前愛佳さんと布施さんが買い出しで揃《そろ》えてくれたのだが、その時に見落としてしまったらしい。

「それじゃあ、俺が一っ走りして買ってきますよ」

「え、でも悪いよ……。私が行こうか？」

「大丈夫《だいじょうぶ》ですって。それに、雪音さんはここにいた方がいいですから」

雪音さんの側を離《はな》れるのは不安だが、余計な仕事を増やして彼女に負担をかけたくない。

それに教室には愛佳さんもいるから、おそらく問題ないだろう。

「それじゃあ……悪いけど任せちゃおっかな。わざわざゴメンね？　天真君」

「いいですって。あと、他にいる物とかありますか？　ついでに買ってきますけど」

「あ、うん。ちょっと確認《かくにん》するね！」

雪音さんが足りなくなりそうな消耗《しょうもう》品などをリストアップし、買い物メモを作成する。

俺はそれをポケットにしまい、買い出しへと出かけようとした。

「……っと、そうだ。忘れてた」

だがその直前、踏《ふ》みとどまる。そして教室を出る前に、離れた場所で作業をしていた布施さんの元へ歩み寄る。

「なあ、布施さん。ちょっといいか？」

「いっ、一条君⁉」

俺が話しかけた途端《とたん》、露骨《ろこつ》に警戒《けいかい》し距離《きょり》を取る彼女。

「何っ⁉　私を犯《おか》す気なの⁉」

「ちげーよ！　そんな用件で話しかけるか！　ちょっと聞きたいことがあるだけだよ！」

布施さんのためにも、さっさと要件を済ませて去ろう。暴走されても面倒《めんどう》だし。

「あのさ。俺たちのクラスの準備って、今どんな状況《じょうきょう》か教えてくれるか？」

「クラスの準備……？　文化祭の？」

「ああ。今更《いまさら》だけど……クラスのことも少しは手伝いたいと思ってさ」

布施さんも俺と同じクラスだし、彼女の場合は俺と違ってあっちにも小まめに顔を出してる。状況は把握《はあく》しているはずだ。

クラスの状況が分からないと、手伝おうにも手伝えないしな。

「一条君……何を企《たくら》んでるの？」

「えっ……？」

布施さんが、警戒心抜群《ばつぐん》の顔で俺を睨《にら》む。

「まさか……クラスの手伝いで女子に恩を売って、その見返りで性奴隷《せいどれい》にする気⁉」

「そんなつもりねーよ！　どんだけ疑り深いんだよ！」

「絶対その手には乗らないから！　一条君は何もしないでっ！」

「ちょっ、おい！　布施さん⁉　どこ行くんだよ⁉」

猛《もう》ダッシュで俺の元から逃《に》げる布施さん。結局、全然状況分からなかったな……。

「しょうがない……。とりあえず後で、アクセサリー一つ作っとくか……」

月乃からアクセサリーの販売《はんばい》をやるってことは聞いてるからな……。アイツの道具を少し借りて、俺も何かグッズを作るとしよう。

そう決めて、俺は今度こそ買い出しのために学校を出た。

※

「さて、と……。買い物はこれで全部かな……」

雪音さんにもらったメモを確認。……うん。これで問題なさそうだな。

さすがこの辺で最大のショッピングモールだ。食料品から雑貨まで、この一店舗《てんぽ》で全《すべ》て買い揃えることができた。あとは学校に帰って皆《みんな》の作業を手伝わないと。

「ん……？」

俺が出口に向かって歩き出す直前、前方の自動ドアが開いた。そして店内に入って来たのは……とても見知った女の子。

「月乃……⁉」

「えっ!?　天真……っ！」

目が合い、互《たが》いの名前を呼び合う俺たち。

「な、なんでアンタがここにいんのよ!?」

「俺は生徒会の出し物の買い出しに……。月乃は？」

「あ、アタシもクラスの買い出し、だけど……」

まあ、この時間ここにいるってことは、買い出ししか有り得んか……。

しかし、気まずいな。最近冷たくされてたし、こうしてバッタリ出会うのはキツイ。

でも、ある意味ちょうどいいかも知れない。

月乃とは一度話し合いたいと思っていたんだ。この機会をうまく使えれば、月乃が俺を避《さ》ける理由を聞き出すことができるかもしれない。あと、性癖《せいへき》についての情報も。

「あー……月乃。買い出し、俺も付き合うよ」

「え……？」

このチャンスを逃《のが》すまいと、歩み寄りながら月乃に話す。

「だって月乃のクラスの買い出しってことは、俺のクラスのことでもあるだろ？　普段《ふだん》は生徒会優先であんま手伝ってないからさ。こういうときくらい協力するって」

こっちの買い出しは終わったからさ、と優《やさ》しく笑いかけてみる。

でも月乃は、いつも通りだった。

「別にいいわよ。買い出しくらいアタシ一人で十分だし」

「でも、荷物とか一人だと重いだろ。俺がいれば全部持ってやれるぞ？」

「だからそういうのいらないから。アンタはさっさと学校帰れば？　そっちは買い出し終わったんでしょ？」

「あ、ああ。だけど、やっぱり俺も――」

「あーもう、しつこい！　一人でいいって言ってるじゃん！　お願いだから放《ほ》っといて！」

「あっ、月乃！」

急に駆《か》け出し、逃げる月乃。俺も反射的にそれを追う。

「付いて来ないでよ！　この変態ッ！」

「お前人のこと言えないだろ！　ってか、そっちこそ逃げるんじゃねえ！」

こうなったら、意地でも月乃と話をしてやる！　もういい加減避けられるのはうんざりなんだよ！　理由があるならせめて聞かせろよ！

「最低最低！　誰《だれ》かー！　この人痴《ち》漢《かん》です！」

「おいバカ！　人聞きの悪いこと言うな！」

シャレにならないことを言い、ひたすら走り続ける月乃。家具や家電のコーナーを突《つ》っ切り、先の階段で二階へ移動。さらに衣類の売り場を超《こ》えて店の奥へと向かっていく。

……って、待てよ？　確かそっちは――

「つ、月乃！　ちょっと一回止まってくれ！」

「止まるわけないでしょ！　馬鹿《ばか》じゃないの!?」

「違《ちが》う！　これはお前のためなんだ！」

しかし月乃は俺の言葉など聞かず、店の最奥へ向かっていく。

見えてきたのは、頭上からつるされた真っ赤な暖簾《のれん》。その先には、他の売り場から隔離《かくり》された秘密のエリアが存在している。

「月乃ダメだ！　その中は――」

俺は叫《さけ》ぶが、もう遅《おそ》い。月乃が躊躇《ちゅうちょ》なく暖簾をくぐり、そのエリアへと逃げ込んだ。

そして。

「――――っ!?」

エリア内へと入った途端、急に月乃の足が止まる。彼女は気づいてしまったのだろう。

それが、何の売り場であるのか。

「おい月乃っ！　大丈夫《だいじょうぶ》か!?」

彼女に続いて、暖簾の中に入る俺。

その売り場の中に広がっていたのは、とにかくおピンクな光景だ。ゴムやローションなどといった特定の行為《こうい》のための道具に、いわゆるバイブや電マなどの大人のためのお高いオモチャ。さらに所々に設置された小型のプレイヤーから流れる、男女が激しく交わる映像。狭《せま》い売り場で『あんあん！　はあああん！』と甲高《かんだか》い喘《あえ》ぎ声が響《ひび》く。

十八歳未満の入室を禁じた、店の隅《すみ》にある狭い売り場。成人向けコーナーであった。

「こ、これ……。天真、これ……！」

月乃の体が、ビクッと震《ふる》える。そして彼女は俺を向き、とろんとした顔で呟《つぶや》いた。

「あはぁん……。えっちな気分になっちゃったぁ……」

「お前は本当に裏切らないな！」

案の定、脳みそピンク色な空間によって月乃は発情状態に陥《おちい》る。彼女は俺の手を摑《つか》み、自分の方へと引っ張った。俺の手は月乃自身の意思で、彼女の胸へと導かれる――

「ぬああっ⁉」

俺は咄嗟《とっさ》に手を引っ込める。こいつ今、自分の胸を触《さわ》らせようとしやがった！

「ねぇ、天真……。アタシたちも、しよ？　そこに映ってるAVみたいなことしよう？」

甘く掠《かす》れた月乃の声が、プレイヤーから鳴り響くAV女優の喘ぎ声と混ざって、俺の頭をクラクラさせる。

「や、やめろ馬鹿！　落ち着けって！　こんな所でできるわけないだろ！」

「え？　だって成人コーナーって、どんなえっちなことをしてもいい治外法権のことなんでしょ？　セクロスしてもいいんでしょ？」

「ちげーよ！　何だその斬新《ざんしん》な解釈《かいしゃく》！」

「大丈夫……。二人がその気なら、場所なんて関係ないんだから……。はぁはぁ……」

おい、待てこれはシャレにならんぞ！

ここは店内。おそらく監視《かんし》カメラの類もどこかに設置されているはずだ。もしこのまま月乃が暴走したら、店員さんがとんできてしまう！

「んああん……っ！　昂《たかぶ》ってきちゃうよぉ……！」

湧《わ》き上がる性欲に、我慢《がまん》できなくなったのだろう。月乃は頬《ほお》を上気させ、淫靡《いんび》にだらしなく顔《かお》を崩《くず》した。

「絶対、その気にさせてあげるから……。アタシのこと、ここで犯してもらうから……」

そう言い、制服のボタンを外し出す月乃。中につけたブラが見えかける。

「アタシの裸《はだか》で、天真もいっぱい興奮して……？」

ウェイト！　ウェエエエエエエエイト！

ここ店の中あああああ！　公共の場あああああああああ！

「うわあああああああああ！　やめろ！　やめろバカ！　早く正気に戻《もど》れえええええ！」

「んん……っ！　もうダメ……。脱《ぬ》ぐだけで、なんかキちゃいそう……！」

俺が叫ぶも、月乃は動きを止めようとしない。このままではシャツを脱いでしまう。

そりゃそうだ！　こんな桃色《ももいろ》空間にいながら、発情が収まるわけがない。

もうだめだ……。こうなったら、なりふり構っていられない！

「悪い、月乃！　ちょっと走るぞ！」

「え——キャアッ！」

俺は月乃の手首を掴み、強引《ごういん》に十八禁コーナーから脱出《だっしゅつ》。

そして彼女を引っ張ったまま、人気のない場所を探すため全速力でスーパーから出た。

※

月乃を十八禁コーナーから連れ出した後。

俺は何とか彼女を正気に戻した。そして今は、近くにあった公園のベンチで休憩《きゅうけい》しているところである。……当然、月乃と二人で一緒《いっしょ》に。

「あ……ありがとう……。助けてくれて……」

「いや……まあ、いつものことだからな……」

月乃はさすがに俺から逃げはしなかったが、気まずさや恥《は》ずかしさのせいか俺と目を合わせることはない。やはり素《そ》っ気《け》ない感じだった。

「あ、あのさ……。月乃……」

意を決して、俺は口を開く。そしてずっと気になっていたことを尋《たず》ねる。

「お前……最近なんか変じゃないか？」

言った瞬間《しゅんかん》、ビクッと月乃の体が震えた。

「……別に。アタシは普通《ふつう》だけど？」

「いや、どう考えても普通じゃないだろ。俺のこと明らかに避けてるし、態度も冷た過ぎるじゃねーか。あの旅行から帰って来てから、明らかに態度が変わったぞ」

「…………」

月乃は何も言おうとしない。だから続けて訴《うった》える。

「なあ……。なんでいきなり俺のこと避け始めたんだよ？　俺、お前に何かしたのか？　原因があるなら、逃げずにちゃんと教えてくれよ」

「……だから、別に避けてないって」

「嘘《うそ》つくなよ。だってお前——」

「避けてないって言ってるでしょ！」

大声を出し、月乃が無理やり俺を黙《だま》らせる。こいつ、意地でも認めない気かよ……！

「……アタシ、行くから。まだクラスの買い物終わってないし」

「あ、おい！　待てよ！」

月乃が立ち上がり、公園から出ていこうとする。

いま月乃を逃がしたら、また話す機会を失ってしまうことになる。

でも、この話を続けても押し問答になるのは確実……。ここは別の話題で月乃の足を止めてから、探《さぐ》りを入れていくしかない！

「あ、あのさ！　せっかくだし、ちょっとここで遊んでかないか!?」

もうなんでもいいと割り切って、俺は咄嗟に思いついたことを口にした。

「は……？　ここでって……公園で？」

「お、おう！　ここ遊具たくさんあるしさ！　案外楽しそうだなって思って！」

「ばっかじゃないの？　一人で勝手にやってれば？」

案の定、俺に背を向けて歩き出す月乃。確かに我ながらひどい提案だと思うけど！

「んなこと言うなって！　それに俺、昔よくこの公園で遊んでたんだぜ？　近所の小さい女の子と一緒に！　あの時スゲー楽しかったから、月乃とも童心に返る感じで――」

「……え？」

月乃が足を止め、俺の方を振《ふ》り向いた。あれ……？　急にどうしたんだ……？

「今の話……どういうこと？　昔、ここで遊んでたって……」

「あ、いや……。俺が五歳くらいの時なんだけど。毎日のように一緒に遊ぶ女の子が一人いたんだよ。そう言えば、前にも話さなかったか？　昔仲のいい女の子がいたって」

「う、うん……。聞いたけど……」

「その子と遊んでたのが、ちょうどこの公園なんだよな。塾《じゆく》に寄った帰りに、一緒に色々やってたよ。ヒーローごっこやらおままごとやら。未《いま》だに覚えてるもんだなあ……」

なんか、話してたら本気で懐《なつ》かしくなってきた。あの女の子、今じゃ名前も覚えてないけど、まだこの辺に住んでるのかな？　元気に過ごしていればいいけど。

「う……うそ……。まさか、それって……」

ふと、月乃の様子の変化に気づく。切れ長の瞳《ひとみ》を見開いて、俺の顔を見つめていた。

「月乃……？　どうしたんだよ、そんな顔して。なんか気になることでもあるのか？」

「い、いや……！　何でもないからっ！」

取《と》り繕《つくろ》うように喚《わめ》く月乃。そして——

「アタシ、お店に戻るから！　まだ買い出し全然終わってないし！」

「あ、おい！　月乃⁉」

彼女はいきなり駆け出して、ショッピングモールへ走っていった。

「ど、どうしたんだよ……？　あんな突然《とつぜん》……」

訳が分からず、俺はその場で呆《ほう》けてしまった。

※

公園から逃げ出し、ショッピングモールへ戻る途中《とちゅう》。

アタシはあまりの衝撃《しょうげき》に、思考をぐるぐると巡《めぐ》らせていた。

——そ、そんな……。まさか、天真も同じだったなんて……！

天真が昔、名前も知らない女の子と二人で遊んでいたように。

アタシもとある男の子と、二人で仲良く遊んでいた。

そして、アタシがその子と初めて出会い、それから頻繁《ひんぱん》に遊んでいたのが……さっきまでいた公園だった。

『俺に任せろ！　いつでも助けてやるからさ！』

出会ったとき、その子に言われた言葉を鮮明《せんめい》に思い出す。

あの時、アタシは近所の悪ガキにいじめられてた。そんな時に助けてもらったのが、その男の子との出会いだった。そしてそれは、アタシの初恋《はつこい》の思い出になった……。

「まさか……天真があの時の……？」

以前天真から女の子の話を聞いたとき、その子が引《ひ》っ越《こ》してしまったせいで会えなくなったと言っていた。そしてアタシが五歳くらいの時、ちょうど親の仕事の都合で引っ越しをした記憶《きおく》がある。結局その後、またこの街に戻って来たけど……。

これ……完全に一致《いっち》しちゃってる？

「いや、そんな偶然《ぐうぜん》あるわけないしっ！」

自分の中に浮《う》かんだ気持ちを、アタシは必死に否定する。

そうだ。そんなことがあるわけない。大体、あの公園は遊具も多いし、この辺りの子供なら遊びに来ていて当然だ。親の都合での引っ越しも、別に珍《めずら》しい話じゃないし。

それに万が一そうだとしても、アタシが天真に特別な感情を持つわけにはいかない。

だって……。

「もしも天真を好きになったら……花鈴を裏切ることになるじゃん……！」

とにかく、こんなのはタダの偶然だから！　そもそもアタシは天真なんて、最初から全然好きじゃないし！　今更《いまさら》何があったって、好きになるとかあり得ないし！

バクバクと跳《は》ねる心臓の動きを誤魔化《ごまか》すように、アタシは全速力で走った。

※

一通り文化祭の準備が片付いたのは、最終下校時刻ギリギリだった。

そしてあたりが完全に暗くなったころ、俺はようやく雪音さんと帰路についていた。でも、不思議とあまり疲《つか》れはない。

「天真君。ついに明日が本番だね」

「はい。お客さん、たくさん来るといいですね」

それはおそらく、いよいよ明日が文化祭だという、高揚《こうよう》感のせいだろう。これまでの文化祭では一度も、こんな感情はなかったんだけどな。

「大丈夫《だいじょうぶ》？　緊張《きんちょう》しちゃってない？　ギュッってして癒《いや》してあげようか？」

「いりませんから。緊張とかはしてませんから」

「え〜？　遠慮《えんりょ》しなくても、たっぷりご奉仕《ほうし》してあげるよ？　天真君の奴隷《どれい》として！」

「道の真ん中で変な単語口にしないでください！」

雪音さんとそんな話をしながら、静かな住宅街を歩く。

そしてほどなく家につき、鍵《かぎ》を開けて家へと入った。

「おかえりなさい！　お姉ちゃん、先輩《せんぱい》っ！」

すると、花鈴がそこに立っていた。わざわざ帰りを待っていたのか？

「あれ？　どうしたの、花鈴ちゃん。用事？」

「あ、えっと……。お姉ちゃんじゃなくて、先輩に……」

チラッとこちらを見る花鈴。なんだ……？　俺に何か言うことがあるのか？

「あ、あの！　ちぇんま先輩っ！」

大丈夫か、この子。盛大に嚙《か》んだぞ。

「す、すみません！　テンガ先輩！」

「その呼び方は止《や》めろって！」

しかも今、雪音さんもいるんだぞ！

「あう、また嚙みました！　天真先輩ッ！」

なんだか、ひどくテンパっているようである。こんな花鈴、ちょっと珍しいな。

「どうしたんだよ？　そんな取り乱して……」

「じ、実は……。一つお願いがありまして……」

お願い……？　また『エロ漫画《まんが》のために露出《ろしゅつ》プレイに付き合って！』とかいう感じの案

件だろうか。どうしよう。どうやって断ろう。

などと思考を巡らせていると、全く関係ないことを言われた。

「あ、あ、明日の文化祭……花鈴と回ってもらえませんか⁉」

「え……？」

用件って、それだけか？　改まって何かと思ったら、ただの遊びのお誘《さそ》いかよ。

「なんだ……そんなことだったのか……」

「あ、あの！　どうですか⁉　一緒に遊んでもらえませんか⁉」

妙《みょう》に必死な形相で俺の返事をせかす花鈴。

いや、まあ。そんなことならOKしてあげたいんだけどさ……。

「えっと……。悪いが、多分ちょっと無理だな……」

「えええええ⁉　ど、どうしてですかあっ⁉」

うわぁ！　花鈴のやつ、メッチャ泣きそうな顔になったぞ！

「まさか、先約がいるんですか⁉　それって、どこの誰《だれ》ですか⁉」

「違《ちが》う違う！　明日は俺も生徒会の出し物の手伝いで、一日手が空いてないんだよ。だから、回るのはちょっと厳しい」

「そ、そんなぁ……」

しゅん、と花鈴が明らかに気落ちする。なんか、悪いことした気分になるな……。

「お店のことは気にしなくていいよ～」

ふと、雪音さんが話に入ってきた。

「私たちのお店、喫茶店《きっさてん》だから。お昼時は混むけど、それ以外なら余裕《よゆう》があるよ」

「お、お姉ちゃん……。それって、つまり……」

「うん。混む前の一、二時間くらいなら、二人で遊んでてもいいよー」

グッ、と親指を突《つ》き立てる雪音さん。

「やったー！　お姉ちゃん、ありがとう！」

「いや、でも……。生徒会もともと人少ないし、それだと雪音さんの負担だって……」

「大丈夫大丈夫。天真君にも花鈴ちゃんにも、文化祭を楽しんでもらいたいもん」

雪音さんが笑顔で俺たちを気遣《きづか》う。すると、花鈴がぐいっと俺に迫《せま》った。

「じゃあ、天真先輩！　花鈴と一緒《いっしょ》に、文化祭回ってくれますか……？」

「あ、いや……その……。うーん……」

そりゃあそうしてあげたいけど、やっぱり雪音さんのサポートが……。

「お願いします、天真先輩！　こういうデートも花鈴にとって、花嫁修業《はなよめしゅぎょう》になりますし！」

「花嫁修業……？　文化祭が？」

「だって男の人と一緒に遊ぶ経験も、しっかり積んでおくべきですよ！　いざ未来の夫とデートするときに、緊張で失敗するかもですし！」

確かに、それも一理あるか……。

少なくともそういう理由で花鈴が修業を積みたいというなら、俺が断ることはできない。

彼女たちの花嫁修業に付き合うのは、俺の大事な仕事だからな。

それに雪音さんも店が暇《ひま》なら、忙殺《ぼうさつ》されてドM行為《こうい》に及《およ》ぶこともないだろう。

「分かった。店が混むまでの間なら、デート練習に付き合うよ」

「ほ、ホントですかっ！」

花鈴の表情がパッと華《はな》やぐ。

「ありがとうございます、天真先輩！　明日、楽しみにしてますねっ！」

そして『うわあぁぁぁぁぁいっっ！　やりましたぁぁぁぁ！』と叫《さけ》びながら部屋に去っていった。テンション高すぎだろ、あの子。

もしかして、また変態プレイを企《たくら》んでるのか？　一応明日は警戒《けいかい》しないと……。

「さーて！　今日も皆《みんな》のご飯を作るよ〜！」

そして雪音さんはいつの間にかキッチンに移動し、今日も率先《そっせん》して家事を始めていた。

※

「ふう……。何とかノルマは終わったな……」

問題集を閉じ、俺は今日の分の勉強を終えた。そして席から立って伸《の》びをする。

いくら明日が文化祭であろうと、浮かれて勉強をおろそかにするわけにはいかない。こういう時に頑張《がんば》るヤツが、受験や就活で勝利するんだからな。

「さて……。それじゃあ、そろそろ始めるか」

現在時刻は二十四時。本来なら勉強を終えて、そろそろベッドに入る時間だ。

しかし今日は、もう一つやるべき事が残っていた。それはアクセサリー作りである。

今更クラスのために俺ができる仕事と言えば、急ピッチでアクセサリーを作ることしかないからな。幸い月乃が材料を余らせていたし、それを使わせてもらうとしよう。

――それに、もう一つ作りたいものもあるし。

俺はその仕事を始めるために、部屋から出て一階のリビングへ向かっていく。

だがその途中《とちゅう》、雪音さんの部屋に目が留まった。

「ん……？」

扉《とびら》の隙間《すきま》から漏《も》れ出る光。まさかあの人……まだ起きてるのか？

気になって部屋の扉をノックする。すると「はーい」と返事がした後、雪音さんが姿を現した。フード付きの可愛《かわい》らしい寝巻《ねまき》を着た姿。

「あ、天真君！　まだ起きてたんだ〜。どうしたの？」

「いや、それはこっちのセリフですよ。何をやっていたんですか？」

「えっとね。さっきまでは普通《ふつう》に勉強してて、今は生徒会の仕事かな」

生徒会の仕事？　文化祭関係は学校で終わらせてきたはずじゃ……？

「実は文化祭の仕事で忙《いそが》しくて、普段《ふだん》の業務が残ってるんだ〜。目安箱の返事とか」

「あっ……」

雪音さんの机を見ると、見覚えのある投書シートが何枚か広げられていた。

そういえば、俺もあの仕事をしたのは生徒会に入った初日だけだった。

そうか……本当ならば普段の仕事も、並行してこなすべきだったんだ……。

よく見ると、雪音さんの目にはうっすらとクマが浮《う》かんでいる。ひょっとしてこの人、毎晩俺たちがやり残した仕事を一人でこっそり片付けてたんじゃ……。

今すぐ土下座したくなるほどの非常に大きな罪悪感が、一気に胸の中に満ちた。

それと同時に、同じくらい大きな疑問が浮かんでくる。

「雪音さん……。あなたはどうして、そこまで仕事を頑張るんですか？」

「え？」

堪《た》え切れず、俺は疑問を投げかけていた。

「生徒会の仕事は誰より率先して頑張ってますし、家でも料理や洗濯《せんたく》、掃除《そうじ》だってほとんど雪音さんがやってるでしょ？　雪音さんだって、忙しいのは同じはずなのに。むしろ、一番忙しいのは雪音さんのはずなのに」

生徒会長として雪音さんが皆に頼《たよ》られているのは、最近一緒にいたから分かる。だからこそ、その仕事量はとんでもないことになっているはずだ。それなのにこの人は、決して手を抜《ぬ》くことはしない。

「投書のチェックも、誰かに頼ればいいじゃないですか。忘れてた俺が言えることじゃないけど、誰かに手伝ってもらいさえすれば、もっと楽になるはずなのに――」

「そんなの、決まってるよ。天真君」

雪音さんが、俺の言葉を遮《さえぎ》った。

彼女はそのまま俺の顔を見据《みす》えて、気持ちのこもった声で言う。

「忙しいと……とっても興奮しちゃうからだよっ！」

「やっぱりアンタはそれですか!!」

なんだよこの人！　なんだよこの人！

ああもう、真面目《まじめ》に聞いて損した！　そりゃそうだよな！　この人は忙しさで興奮できる人だもんな！　ドMな欲求《よっきゅう》を満たすために、わざと忙殺されてるんだもんな！

こんなに頑張るのには、何か深い理由があるんじゃないかと思った俺が馬鹿《ばか》だった！

「ん～、でも……。強《し》いて言うなら、もう一つだけ理由があるかな」

「え……？」

雪音さんの答えに呆《あき》れていると、彼女が再び口を開いた。

「私は多分、皆の期待にしっかり応《こた》えたいんだと思う」

「期待……？」

「私ね？　自分で言うのもなんだけど、皆に期待されていると思うの。家では神宮寺《じんぐうじ》家の長女として、学校では生徒会長としてね。妹たちは私のことを『お姉ちゃん』って頼ってくれるし、学校の皆も『会長』とか『雪音先輩』って、いつも私を慕《した》ってくれる。ほら、円ちゃんも私のことをすごく好いてくれてるでしょう？　実はそれが、凄《すご》く嬉《うれ》しくて……」

そりゃあ、雪音さんほど周りに好かれたら間違いなく嬉しいはずだ。

「それに天真君も、前に私に言ってくれたでしょ？　学校の皆が私のことを『優《やさ》しくて穢《けが》れのない、皆が憧《あこが》れるお姉さん』だと思ってるって」

そういえば、前にそんなことを言ったっけ……。

「でも、私自身はそんな凄い人間じゃないの。天真君も知っての通り、私はドMの変態だから。皆が思っているような、完璧《かんぺき》で清楚《せいそ》な女の子じゃない。私は皆を欺《あざむ》いて、その擬態《ぎたい》で好かれているだけなの。時々そのことが、とっても申し訳なく思えてきちゃう」

騙《だま》している、と言うのは悪く言い過ぎだと思うが……。確かに、他の皆が知らない顔を彼女が持っているのは事実だ。

まあ、雪音さん本人が知らないだけで、愛佳さんも秘密を知ってるわけだけど。

「だから私は、せめて皆の前では立派な『お姉ちゃん』じゃないといけないの。立派な『生徒会長』じゃないといけないの。皆の期待する『神宮寺雪音』でいることが、皆をだましちゃってる私の、唯一《ゆいいつ》できるお詫《わ》びだから」

「…………」

「そのために私は頑張ってるんだと思うなぁ。……あはは。なんか恥《は》ずかしいね」

「いえ……。そんなことないですよ」

なんだ……。やっぱり彼女は彼女なりに、色々考えていたんだな……。

雪音さんも、ただ性癖《せいへき》を満たすためだけに忙殺されているわけじゃないんだ。自分と自分に関わる人たちのことを誰より真摯《しんし》に考えた結果、彼女はこうして頑張っているんだ。

雪音さんの変態以外の一面に、正直ちょっと驚《おどろ》いた。俺が最初に思ってた以上に、この人は真面目で誠実なんだ。

「……雪音さん。部屋、お邪魔《じゃま》していいですか？」

「え？」

「俺も一緒にやりますよ、仕事。手伝わせてくれますか？」

仕事をしてると知った以上、このまま立ち去るわけにはいかない。

「でも、天真君も別の用事があったんじゃ……？」

「それは後でも大丈夫《だいじょうぶ》です。それに、どっちにしろ雪音さんのためにやることですから」

「え……？　私のため……？」

「あ、いや……！　とにかく、俺も手伝いたいんです！　それに、また忙しさのせいで欲《よく》情《じょう》されても困りますから！」

俺は部屋の中へと踏《ふ》み入り、強い気持ちを言葉に込める。

「断っても絶対手伝いますから。一緒に仕事、終わらせましょう！」

「う、うん……！　それじゃあ、お願いしよっかな！」

そして俺たちは二人で仲良く、生徒会の仕事に勤《いそ》しんだ。

第四章　変態だらけの文化祭

長い夜が明け、いよいよ文化祭当日がやって来た。

「皆様、おはようございます。生徒会長の神宮寺《じんぐうじ》雪音《ゆきね》です。本日は天候にも恵《めぐ》まれ、絶好の文化祭日和となりました――」

開会式で、生徒会長の雪音さんが壇上《だんじょう》に立って挨拶《あいさつ》をする。

俺は目をこすり、必死にあくびを噛《か》み殺しながらそのお話を聞いていた。

「ふう……。さすがに、昨日は疲《つか》れたな……」

昨日は雪音さんと一緒に仕事をしたり、その後もアクセサリー作りをしたりして、ほとんど徹夜《てつや》になってしまった。まあ、文化祭が始まればこんな眠気《ねむけ》も吹《ふ》っ飛ぶだろうが。

今回の俺には、コスプレ喫茶《きっさ》の店員という大事な役目があるからな。

「皆さん、全力で今日という日を楽しんでください。では、青林祭《せいりんさい》スタートです！」

雪音さんがそう締《し》めくくると、会場中が沸き上がった。

※

コスプレ喫茶、『Paradise Time』。それが俺たち生徒会の作った店の名前だ。

俺はその名に違《たが》わぬよう、生まれて初めて執事《しつじ》服を着て店の前に立っていた。

「天真《てんま》くーん！　着替《きが》え終わったよー！」

部屋の中から雪音さんの声が聞こえてくる。

そう。中では彼女たちが自分の衣装《いしょう》に着替えていたのだ。そして呼び声が聞こえた直後、雪音さんが生徒会室の――いや、『Paradise Time』の扉を開ける。

「おぉ……」

俺は思わず、感嘆《かんたん》のため息を吐《は》き出した。

中にいたのは、コスプレ姿の女子三人。

「えへへ～。どうかな？　天真君。私たち変じゃないかなぁ？」

照れた様子で雪音さんが話しかけてくる。彼女の姿は、犬コスだった。

頭に犬耳を装着しており、彼女が身動きするたびにお尻《しり》の尻尾《しっぽ》が揺《ゆ》れている。胸には毛皮で覆《おお》われたモコモコな見せブラをつけていて、下に穿《は》くのは超《ちょう》ミニなスカート。かなり際《きわ》どい格好《かっこう》だ。一応上着も、これまた毛皮で覆われたものを羽織ってはいるが、丈《たけ》のかなり短いショートコートで前も完全に開いているため、露出度《ろしゅつど》はかなり高かった。可愛らしいおへそが俺の目の前に晒《さら》されている。

「こ、この格好……少々卑猥《ひわい》すぎるのでは……？」

顔を赤くし、恥ずかしそうに体を隠《かく》そうとする愛佳《あいか》さん。彼女の姿はバニーガール。

細長いウサギ耳を頭から生やし、レオタードのような体の線が出る黒い衣装を装着している。お尻にはウサギの尻尾のような丸いモフモフが付けられていて、足は黒いストッキングを穿いた上から網《あみ》タイツまでつけている。愛佳さんの細い体のラインや、意外と大きめな胸やお尻がピッチリと強調されていて、非常に扇情《せんじょう》的である。

「なんで一条《いちじょう》君なんかに、こんな姿見せなきゃいけないの……っ!?」

そして布施《ふせ》さんは、チャイナドレス姿であった。

ロングコートみたいに丈の長い服だが、横に腰《こし》の部分までが見える程の大胆《だいたん》な切り込みが入れられている。露出度は他の二人に比べて決して高いわけではないが、その分スリットから覗《のぞ》く太ももは白く輝《かがや》いて見えていた。鋭《するど》い眼光で睨《にら》まれてなければ、素直に胸が高鳴っただろう。

でもこうして改めて三人を見ると、その完成度は本当に高くて――

「天真君？　ずっと黙《だま》っちゃってどうしたの？」

「え……？　あっ、いえ……！」

ヤバイ。思わず見惚《みと》れてしまっていた。雪音さんも愛佳さんも布施さんも、もともと可《か》愛《わい》い女の子がコスプレをすると危険すぎる。

「あ。もしかして見惚れてくれた？　わ～！　天真君可愛～い！」

雪音さんが俺を抱《だ》き寄せて、頭を強く撫《な》でまわす。

「ありがとね～、天真君！　私たちも自信がつくよ～！」

「ちょっ！　ダメですって、雪音さん！」

相変わらず、すぐに抱きついて来るなこの人！　せめて家だけにしといてくれよ！

「ちょっと！　私の会長にベタベタしないで！」

と、布施さんが俺たちの間に入った。

いや、違うじゃん。今のは明らかに雪音さんから抱いてきたんじゃん。

「雪音会長に愛佳先輩《せんぱい》！　十分気を付けてくださいね？　あの人、お二人が可愛いからって近づいて匂《にお》いを嗅《か》ぐ気ですよ！　お尻触《さわ》ったりする気ですよ!!」

しねえよ。考えたこともないわ。

「あ、あの……天真様……」

「え？」

愛佳さんが震《ふる》える声で話しかけてくる。

「もしも匂いを嗅いだりお尻を触ってきたりしたら、肇《はじめ》様に言いつけますからね……!?」

「いや、しませんから！　あなたまで警戒《けいかい》しないでくださいよ！」

彼女も恥ずかしさでおかしくなっているようだ。顔は赤くなり、涙目《なみだめ》になりながら両腕《りょうで》で体を隠している。

「あはは。大丈夫だよ、円《まどか》ちゃん。天真君はそんな人じゃないもん。それと、私なんかよりも円ちゃんの方が可愛いよ～」

「そっ、そんなことありません！　会長の方がとってもとっても可愛いです！　家に連れて帰りたいですもん！　ふーっ……ふーっ……！」

おい。どう考えてもお前の方が危ないだろ。興奮しすぎて鼻息荒《あら》くなってんじゃねえか。

「円ちゃん。今日は二人でキッチンのお仕事頑張《がんば》ろうね？」

「は、はい！　全力を尽《つ》くさせて頂きます！」

雪音さんに応え、両こぶしを握《にぎ》り締める布施さん。

「あ、でも……。私、こういう仕事未経験で……。色々失敗しちゃうかも……」

「大丈夫、大丈夫。私に任せて。基本的なことは私が全部やってあげるから。円ちゃんは、純粋《じゅんすい》に文化祭を楽しめばいいよ～」

「本当ですか⁉　ありがとうございますっ！　会長、頼《たよ》りにしてますねっ！」

布施さんが感極《かんきわ》まったように、雪音さんに飛びついた。

うーん……。これはちょっと不安だな……。

あんまり布施さんがべったり頼り過ぎてしまうと、雪音さんの負担が大きくなる可能性がある。特に布施さん、雪音さんに憧れてるからな。何か困ることや迷うことがあれば、すぐ雪音さんに甘えそうだ。

生徒会の日常業務の件と言い、ただでさえ俺たちは知らない内に、雪音さんに負担を押し付けているんだ。忙《いそが》しさのあまり料理中に発情されても困ってしまうし、ここは一言釘《くぎ》を刺《さ》しておくべきかもしれない。

「あのさ、布施さん……。あまり雪音さんに苦労をかけさせないでくれよ……？」

「なっ⁉　一条君に言われたくないよ！」

俺の言葉に、布施さんが怒《いか》りをむき出しにした。

「一条君こそ会長の悩《なや》みの種のはずだよ⁉　あんな変態行為《こうい》を会長にさせて……！　次見つけたら、先生とか警察に言いつけるから！」

「頼《たの》むからそれは勘弁《かんべん》してくれ！」

思わぬ反撃《はんげき》を布施さんから喰らった。

できれば俺は変態じゃないとハッキリ言っておきたいが、雪音さんの性癖を隠すためにもそれはできない。俺にできるのは、代わりにとりあえず謝ることだけ。

「頼むから、もうあの時のことは言わないでくれよ。この通り、ちゃんと謝罪するから」

「射精する⁉　いきなり何の宣言をしてるの⁉　やっぱりこの人セクハラ魔人《まじん》だ！」

「アンタ本当に何言ってもダメだな！」

結局、布施さんにはろくに注意ができなかった。

そしてこんな風に騒《さわ》いでいる間に、開店時間がやってきた。

※

午前十時。

最後の支度《したく》を終えた後、いよいよ『Paradise Time』の開店だ。

しかし──

「愛佳さん……。お客さん、来ませんね……」

「そうですね……残念ながら……」

ホール担当の俺たちは、深いため息をついていた。開店から約十五分経《た》っても、いまだお客さんは現れていない。

「まあ、無理もないことでしょう。喫茶店《きっさてん》は休憩《きゅうけい》で寄るものですし、忙しくなるのは十二時になる頃《ころ》からですね」

なんか、雪音さんも似たようなコトを言ってたな。お昼までは余裕《よゆう》があるとかなんとか。

でも、ここまで極端《きょくたん》だと拍子抜《ひょうしぬ》けだな……。

なんて、俺が気を緩《ゆる》めた瞬間《しゅんかん》。扉《とびら》が元気よく開かれた。

本日最初のお客さん！　俺は心を込めて挨拶を——

「雪音お姉ちゃーん！　お邪魔《じゃま》しまーす！」

「雪姉ー。お店見に来たわよー」

現れたのは、見知った女子たち。月乃《つきの》と花鈴《かりん》の二人だった。

「おっ。二人ともどうした？　遊びに来たのか？」

「はいっ！　お姉ちゃんのお店、気になりますから！　月乃お姉ちゃんもコスプレ喫茶を嫌《きら》ってた割には、自分から誘《さそ》ってきたんですよ～？」

「う、うるさいわね。そりゃ、身内がいるなら見に行くべきでしょ」

バツが悪そうに言う月乃。

「ま、二人ともゆっくりしてってくれよ。今はこの通り空いてるし」

「ふん……。言われなくてもそうするわよ……」

月乃は変わらず素《そ》っ気《け》なく、プイッとそっぽを向いてしまう。

代わりに、花鈴がグイグイ来る。

「っていうか、先輩！　何なんですか、その格好は！　それに愛佳先輩も！」

花鈴が俺たちの服装を見て、興奮気味に捲《まく》し立てた。

「二人とも、似合ってますよ！　天真先輩は格好よくて、愛佳先輩はエロ可愛いです！」

「お、おう……。ありがとう……」

自分ではそんなに似合ってないと思うが……。まあ、お世辞でも嬉《うれ》しいか。

「え、エロ可愛い……⁉　それは、誉《ほ》め言葉なのでしょうか……？」

一方、愛佳さんは涙目になりながら両手で体を隠していた。

「もちろんですよ！　この衣装、愛佳先輩にすごく合ってると思います！」

「あ、あの……そんなに見つめないでくださいっ！」

じろじろ見られるのは恥《は》ずかしいらしく、愛佳さんがパーテーションで仕切られたキッチンの中に逃《に》げていく。

すると入れ替《か》わるようにして、雪音さんと布施さんが出てきた。

「月乃ちゃん、花鈴ちゃん！　来てくれたんだねー！　ありがとう！」

「わー！　雪音お姉ちゃんのコスも可愛い！　犬耳、すっごく似合ってるよ！」

「ホント？　よかった～！　嬉しいよ～！」

「あっ、月乃！　いらっしゃいませー！」

「円ー！　そんなとこにいたの？　雪姉と一緒《いっしょ》にキッチン担当？」

「うんっ！　よかったら何か食べていって！　私、頑張って作っちゃうからね！」

女子たちが姦《かしま》しく会話に花を咲《さ》かせ始める。

ってか、月乃と布施さんって仲良いんだな。クラス同じだし、不思議じゃないけど。

でもこうなると、男一人でここにいるのは孤独《こどく》だな……。せめて男性客の一人でも来れば、この居場所のなさも多少は解消されそうだが。でも、さすがにまだ誰《だれ》も来ないよな。

そう思い、出入り口の方へ顔を向ける。

すると狙《ねら》ったかのようなタイミングで、再び扉が開かれた。

助かった……！　これで孤独から解放される。

そう思い、俺は元気よく挨拶《あいさつ》を――

「お客様、いらしゃいませえええええっ!?」

――していた途中《とちゅう》に、驚《おどろ》きで叫《さけ》んだ。

「あー！　お兄ちゃん！　ここにいたー！」

次に現れたお客さんは、俺の妹の葵《あおい》であった。

彼女は可愛らしいピンク色のシャツを着て、ミニスカートをはためかせながら、俺の元へと駆《か》けてくる。

「あ、葵！　お前、なんでここにいるんだよ！」

「ママから今日が文化祭って聞いて、楽しそうだから見に来たの。っていうか、お兄ちゃんもどこで何やるか事前に教えといてよね！　おかげでわざわざ学校中を探しまわる羽目になったじゃん！」

文句を言いながら、俺が案内するより前にちょこんと椅子《いす》に座る葵。そして俺の姿をじろじろと見た。

「それに、なんなのその格好《かっこう》？　執事《しつじ》？　なんでわざわざそんな服着てるの？」

「いや、それは……。ここがコスプレ喫茶《きっさ》だからで……」

「何それ！　コスプレって言っても、全然似合ってないじゃない！　馬鹿《ばか》じゃん！」

と、言いながらスマホを構えてシャッターを連射する葵。パシャと、連続的に音が鳴る。

「おいおいおいどんだけ撮《と》る気だよ葵！　あとウチ撮影《さつえい》禁止だから！」

「べ、別に撮りたくて撮ったわけじゃないもん！　お兄ちゃんのために記念写真を撮っただけだし！　いらないいならすぐに捨てちゃうから！」

葵がスマホを操作して、撮った写真全《すべ》てをお気に入りフォルダへ入れていく。

おい。さっきから言動が食い違《ちが》ってるぞ。まぁ……悪い気はしないけども。

『………』

「ん？」

視線を感じ、後ろを振《ふ》り向く。

すると、店の中にいた全員が俺たちのことを注目していた。

「ねぇ、天真……。その子ってもしかして……」

月乃が葵を見ながら聞く。

すると、俺が何かを答える前に花鈴がこちらへ駆けてきた。

「わーっ！　葵ちゃん、久しぶりーっ！」

「あっ、花鈴さんだ！　花鈴さーん！」

花鈴を見て、葵も席から立ち上がる。

以前のテレビ通話で意気投合したからだろうか。実際に合うのは初めてなのに、二人は仲良くハグまで交《か》わした。

「まさかこんなところで会えるなんて！　花鈴、実際に会うのすごく楽しみにしてたんですよー！」

「私もっ！　実は今日来たの、花鈴さんに会うのも目的だったの！」

二人とも喜び、両手を取り合ってぐるぐると回る。いや、漫画《まんが》か。こんなんやるヤツ初めて見たわ。

そして葵は、次に花鈴の側《そば》にいた月乃たちへと声をかける。

「皆《みな》さん、神宮寺姉妹の人たちですよね？　私、一条葵です！　よろしくお願い致《いた》します」

挨拶をし、ペコリとお辞儀《じぎ》をする葵。

その姿に、雪音さんと月乃は……。

『かっ……可愛《かわい》い……！』

揃《そろ》ってキュン死寸前になった。

「えっ……？　あの子、一条君の妹なの？　お兄ちゃんに似ず、凄《すご》く可愛い……」

「天真様に、あんなに可愛い妹様がいらしたとは……！」

また、布施さんと愛佳さんも、少し離《はな》れたところで葵に興味を示している。ほんと、葵のやつメチャクチャ人気だな。どこに行っても皆に可愛がられるじゃねえか。

まあ、俺の妹世界一だから。それも無理のないことだけど。

「わー！　雪音さんの服、可愛いなぁ〜！　私もコスプレしてみたい！」

「よかったら今度、貸してあげようか？　衣装《いしょう》たくさん用意しておくから、今度お家に遊びにおいで？」

「ほんとっ⁉　やったー！　ありがとう！」

「それじゃあアタシは、アクセ手作りしてあげる！　何かリクエストとかはある？」

「あっ！　それじゃあ、可愛い指輪とかもらってもいい……？」

「もちろん！　任せて！　メチャ可愛いの作るから！」

「わーい！　ありがとう！　皆大好き――――！」

雪音さんや月乃ともすぐ打ち解けて、和気あいあいと話している。

おいおい、葵……。お前、月乃たちには随分《ずいぶん》素直に『大好きー！』とか言うんだな……。

俺にも普段《ふだん》から言っておくれよ。もっと素直になっておくれよ。

しかも、段々皆が葵に貢《みつ》ぎ始めてるし。葵って、可愛い顔して実は魔性《ましょう》の女だったのか？　将来的に彼氏とかできたら、食事とか全部奢《おご》ってもらいそうだな。いや、彼氏とか

ぜってー認めねえけど。

「ってか葵、そろそろ注文しろよ。何か食べるか？　それか飲み物だけにするか？」

「えっと……。じゃあオレンジジュースとパンケーキ！　お兄ちゃん早く持ってきて！」

「はいはい。少々お待ちください。——雪音さん、パンケーキお願いします」

注文を伝票にメモしつつ、キッチン担当にお願いする。

「了解《りようかい》！　すっごく美味《お》しいの作ってくるね～！」

「あ！　じゃあ、私も手伝います！」

雪音さんと布施さんが、そろってキッチンへ消えていく。そして俺は、オレンジジュースの用意を始めた。

「では、お嬢様《じようさま》方も注文をどうぞ」

「ありがと、愛佳さん。それじゃあアタシは、ミックスジュースとパンケーキで」

「花鈴も同じのをお願いします！」

月乃たちもようやく席につき、愛佳さんが注文を取る。

しかし……まさか葵まで来るとはな。これは完全に予想外だった。いざ身内に働いてるところを見られると、案外緊張《きんちよう》するものだ。

「お待たせしました。こちらオレンジジュースです」

一応、店員目線で葵に接する。

「うむ！　苦しゅうない！」

そして可愛い妹様は、俺が用意したオレンジジュースをゴクゴクと流し込んでいく。その後、ドヤ顔で指を鳴らした。

「シェフを呼んで！　お兄ちゃん！」

「いや、ジュースにシェフも何もねえよ」

普通《ふつう》に市販《しはん》のを注いだだけだよ。言ってみたかっただけだよ、この子。

その後、少しして雪音さんたちから声がかかる。

「天真く～ん！　パンケーキ一つできたよ～！」

「分かりました！　持っていきます！」

出来立てのパンケーキを雪音さんから受け取る。ふっくらとした生地の上に生クリームと細かく砕《くだ》かれたナッツが載《の》り、たっぷりシロップがかかっている。

俺はそれを、葵の元へと運んでいった。

「お待たせしました。こちらパンケーキになります」

「ふおおおぉぉぉぉっ！」

見た瞬間《しゅんかん》、葵が太陽よりも明るい笑顔で俺を見た。

「すっ、すごい！　これ本当に食べていいの⁉」

「そりゃあな。お前が注文したんだから、むしろ食べてもらわなきゃ困る」

「わーい！　ありがとっ！　いただきまーす！」

大喜びでフォークを手に取り、大きめに切ったパンケーキを口いっぱいに頰張《ほおば》る葵。幸せそうな顔で咀嚼《そしゃく》して――

「おーい～し～い～っ～！」

へにゃあっ、と幸せそうに愛らしい顔を蕩《とろ》けさせた。

ヤバイ……俺の妹が可愛い。

葵のこの顔、最高に可愛すぎるだろ！　今すぐ抱《だ》きしめたいぞチクショウ！　もうこの顔が見れるだけで、文化祭頑張《がんば》った甲斐《かい》があったわ！

この顔こそ連射で写真撮るべきだって。えーと、スマホはどこにしまったかな……。

「ほら、お兄ちゃんも一口。あーん」

俺がポケットを探《さぐ》っていると、葵がパンケーキの刺《さ》さったフォークを向けてきた。

「え……？　俺に……？」

「うんっ！　美味しいから、一口食べて？」

「いや、俺はいいよ。昨日ちゃんと味見してるから」

「いいからっ！　早くあーんして！」

葵が強引《ごういん》に食べさせようと、俺の口にパンケーキを押し付けてくる。おい、こらこら！　痛い痛い！　フォークが口に刺さってる！

「わ、分かった！　食べるから！」

俺は仕方なく口を開き、葵からパンケーキをもらう。

昨日試食したときと同じく、ふわふわの生地《きじ》と心地よい甘さが味覚を楽しませてくれた。

「あー！　お兄ちゃん、口の端《はし》にシロップついてるよ！」

それは多分、お前が無理やり食べさせようとしたからだな。

「もう、しょうがないなー！　こっち来て！　私が拭《ふ》いてあげるから！」

「え？　ああ、悪い……」

「もうっ！　お兄ちゃんはだらしないんだから！　もっと気を付けないとダメでしょ！」

葵が俺の口元に綺麗《きれい》なおしぼりをあててくる。そして口調とは裏腹に、とても優《やさ》しい手つきで拭いた。

「はい、取れたよ。綺麗になった。あんまり手間かけさせないでよね！」

「ん……。ありがとう」

「あと、甘い物食べると喉渇《のどかわ》くでしょ？　仕方ないから私のジュース飲ませてあげる！」

「お、おう。すまんな……」

実際喉が渇いたし、断ってもまた無理やりに飲ませてくるだろう。少しだけもらうことにした。オレンジの酸味が、甘くなった口を爽《さわ》やかな風味で引き締《し》める。

「はい。飲んだらもっかい口拭いて！　早くこっちに顔出してよ！」

またおしぼりを優しくあてがう葵。怒りながらも、表情はなぜかニコニコしている。

「全く、お兄ちゃんは世話が焼けるんだから！　シスコンの兄を持つと苦労しちゃう！」

いや逆だろ。お前の方こそブラコンだろ。普通の妹、絶対ここまで世話焼かないぞ？

なんてことをしながら、葵はあっという間にパンケーキを完食。残ったジュースを飲み干して、元気よく『ごちそうさま』をした。

「ふぅ～！　すごくおいしかった！　でも、他のも食べようかな……」

「はあっ⁉　お前、まだ食うつもりかよ⁉」

「もちろん！　せっかく来たんだし、満喫《まんきつ》しないと！　目指すは全メニュー制覇《せいは》だよ！」

いや、全メニューて……。確かに文化祭の店だからメニュー自体は少ないけど、それでも結構量あるぞ……？

「お兄ちゃん！　早く次の料理持ってきて！　私、ミニフルーツパフェが食べたい！」

「ったく……腹壊《こわ》しても知らないぞ？」

仕方なく、葵の注文を伝票に記す。そして再び雪音さんに伝えた。

「すみません。葵のヤツ、ミニフルーツパフェ追加です」

「は～い！　了解！　頑張って作るよ～！」

ニコニコと笑顔を振《ふ》りまきながら、気持ちのいい返事をする彼女。

「あ、そうだ！　天真君！」

「え？　なんですか？」

「今ってお客さん、葵ちゃんと月乃ちゃん、あと花鈴ちゃんしかいないよね？　もしよかったら今の内に、花鈴ちゃんとデートしてきたらどうかな？」

そう言えば、花鈴と一緒《いっしょ》に文化祭を回る約束をしてたな……。

「でも、まだ時間になってませんけど……」

予定では、とりあえず一時間程ここで仕事をした後に、余裕《よゆう》があったら抜《ぬ》け出して花鈴と遊ぶことになっていた。

「大丈夫《だいじょうぶ》大丈夫。去年もそうだったんだけど、十二時まではほとんどお客さん来ないから。今の内に行ってきたほうがいいよ？」

「う～ん……。でも、そうなるとホールが一人だけに……」

愛佳さんだけをホールに残すのは心配だ。もし彼女がまた変なドジをしたら、誰《だれ》もフォローできなくなってしまう。そう思って彼女の方を見る。

「問題ありません。配膳《はいぜん》用ワゴンもありますし、失敗なんてしませんよ。この格好《かっこう》にも、ようやく慣れてきましたし……」

まあ、確かにそれならミスするほうが難しいか……。

「それにもしも忙《いそが》しくなったら、容赦《ようしゃ》なく呼び出させていただきますから。もし着信を無視しても、校内放送で呼びますからね？」

この人は割と平気でそれを実行に移しそうな気がする。

「分かりました……。それじゃあ、ちょっと抜けさせてもらいます」

俺は皆《みんな》に頭を下げて、愛佳さんの運んだパンケーキを食べていた花鈴の所に歩み寄る。

「あー……花鈴。ちょっといいか？」

「あっ、先輩《せんぱい》。どうしました？」

振り向き、無邪気《むじゃき》な顔で俺を見る花鈴。

何か……改めて誘《さそ》うとなると、謎《なぞ》に緊張してくるな……。

「今から、その……デート行くか？」

「えっ……！」

花鈴が可愛《かわい》らしく目を丸くした。そして数秒動きを止めて、

「はっ、はい！　行きます！　すぐにパンケーキ食べちゃいますね！」

ものすごい勢いで残りのパンケーキにかぶりつく。

「ちょっと、天真……。花鈴に変なコトしたら許さないから」

「何もしねーよ！　普通に遊びに行くだけだよ！」

花鈴と一緒にいた月乃が、疑いの眼差しで俺を見やがる。

「お兄ちゃん……花鈴さんに変なコトしないでよ？」

「あ、葵っ!?　お前まで同じこと言わないでくれよ！」

葵に言われるとより傷つくんだよ！　俺ってそんなに信用無いのか!?

「もぐもぐ……んぐっ。ごちそうさまです！　先輩、デート行きましょう！」

「食うの早っ!?　ってか、焦るなって！　俺の腕《うで》に手を回して引っ張るな──！」

そして俺は、そのまま花鈴に引きずられる形で一緒に店から出ていった。

※

俺たちは店を抜けた後、一度校舎の外に出た。

そして出店が立ち並ぶ中庭を、二人で仲良く歩いていく。

「おい、花鈴……。さすがにそろそろ手ぇ放してくれよ……」

ちなみに花鈴は、さっきからずっと俺の腕を抱《だ》くようにしてイチャつかないと！」

「だって、これはデートの練習ですよ？　お嫁《よめ》さんとしてイチャつかないと！」

「いや、さすがに校内ではよせよ！　色んな人に見られるぞ！」

「別にいいじゃないですか〜。それとも先輩、花鈴とくっつくの嫌《いや》ですか……？」

「いや、別に嫌ってわけじゃないけど……」

「よかった〜！　それじゃあ、このまま行きましょう！」

結局花鈴は、俺の腕に抱きついたまま歩き出す。まあ、確かにこの方が練習になるかもしれないけど……。でも、さすがに恥《は》ずかしすぎるだろ。童貞《どうてい》の俺にはレベル高いわ。

「先輩先輩っ。まずは何か食べませんか？　せっかくたくさんお店も出てますし」

「いや、お前。さっきパンケーキ食ってただろ？」

「さすがにあれだけじゃお腹《なか》すきますもん。それに、先輩は何も食べてないでしょ？」

まあ、確かにな。昼時は喫茶店《きっさてん》の仕事もあるし、正直今のうちに食べておきたい。

「それじゃあ……少しだけ何か食べるか」

「はい！　あっ、先輩！　花鈴チ○コバナナが食べたいです！」

「何でそこ発音濁《にご》したんだよ」

チョコぐらいちゃんと発音しろよ。なんかいかがわしい感じになるだろーが。

「先輩、一緒に食べましょう！　花鈴、ちょっと買ってきますね！」

「あ、おい。走るな。落ち着けって」

なんだか花鈴、いつもよりテンション高くないか？　そんなに文化祭が好きなのか。確かにこいつ、こういう行事とか好きそうだもんな。

その後、花鈴はチョコバナナの他にも焼きそばやフライドポテトなどを買い、近くに設置されていたテーブル席にそれらを広げた。

「わ〜〜！　色々あると嬉《うれ》しいですね！」

「まあ、二人で分ければこれくらいは食えるか……」

ほんと色々買ってきたな。葵といい花鈴といい、女子は案外欲張《よくば》りらしい。

「それじゃあ、早速《さっそく》いただきます！　んっ……」

手を合わせ、早速チョコバナナを食べ始める花鈴。舌を突《つ》き出してコーティングされたチョコを舐《な》めつつ、バナナ全体を口に咥《くわ》える。

「んんっ……。れろれろ……。はむっ……ちゅぱ……っ」

こいつ……食い方がエロ過ぎる……。

いや、多分これは普通《ふつう》に食べてるだけだ。それを見て意識するほうが変なんだ。

花鈴がいつも変態行動をしまくるせいで、ちょっとしたことで意識するようになってしまった。これじゃ布施さんのことを言えないぞ。

「どうしたんですか？　天真先輩」

「あ、いや……。なんでもない」

ダメだ。こんなことで動揺《どうよう》するな。平常心、平常心……。

「えへへ……。先輩。せんぱ〜い」

ふと、向かい合って座っていた花鈴が、突然隣《とつぜんとなり》に移動してきた。

「先輩、お隣いいですか？」

「いいですかって……。こっちに座る前に聞けよ」

「まあまあ。いいじゃないですか〜」

そう言いながら、花鈴が甘えて俺の肩《かた》にしなだれかかる。彼女の髪《かみ》のいい匂《にお》いが、ふんわりと鼻孔《びこう》を撫《な》でてきた。

「ねえ、先輩。先輩は花鈴のコト、どう思ってますか？」

「え……？」

いきなりどうしたんだよ、この子は。

「どう思うって……。まあ、少なくとも大事には思ってるぞ」

「え～！　それじゃダメです～。そこは好きとか言ってくださいよ～！」

むー、と頬《ほお》を膨《ふく》らませる花鈴。

「花鈴たちは夫婦なんですよ？　お嫁さんのことは好きになるべきじゃないですか？」

「夫婦って……それはあくまでも仮だから――」

「仮でもなんでも、夫婦なんですぅ！　お互《たが》い好きになるべきですぅ！」

なんか、花鈴がものすごく意地を張ってくる。どうしたんだこの子？　今日はなんか、いつにも増してグイグイ来るな。それだけデート練習に積極的ということか？

「あと、デートの練習ならもっと色々するべきですよね？　先輩も協力してください」

そう言い、俺に片手を差し出す花鈴。これは……手を繋《つな》げ、ということか？

顔を見ると、その瞳《ひとみ》は期待でキラキラと輝《かがや》いていた。

「わ、分かったよ……。ほら……」

「やったー！　ありがとうございますっ！」

手を差し出すと、花鈴がギュッと握《にぎ》ってきた。強く、しかし痛くはないほどの力で。

「先輩の手、おっきくてあったかいですね～」

ニコニコと頬を緩《ゆる》める花鈴。まるで俺のことが本当に好きかのような、幸せそうな表情だ。いや、まあそれはないだろうけども。

「むにむにむに。むにむにむにむに」

小さな手が俺の手をむにむにといじくる。やめろ。人の手で遊ぶんじゃないよ。

「先輩、先輩っ。こういう時、恋人《こいびと》同士なら愛の言葉を囁《ささや》いちゃったりしますよね？」

いきなりすごいことを言い出すな、この子は。

「あ、愛の言葉って……？」

「好きとか、大好きとか、愛してるとかです！　だから、先輩もお願いします！　ちょっと一回言ってみてください！」

「んなぁ⁉　俺が⁉」

「これも花嫁《はなよめ》修業ですから！　とっても大事な練習ですから！　将来好きな人に言われたときに、動揺しないよう慣れるためですから！」

ぐっ……。そう言われたら断れない……。死ぬほど恥ずいが、言うしかない……。

「わ、分かったよ……。す……好き、だ……」

「うっきゃ――――――――☆」

花鈴がこれ以上ないほどテンションを上げて、その場でぴょんぴょん飛び跳《は》ね始めた。

いやもう、ホントどうしたよ？　この子。

「最高です先輩！　素晴《すば》らしいです！　とてもいい修業になりました！」

「あ、ああ……。それはよかったが……」

「それじゃあこの後、もっと恋人っぽいことしましょうか！　だって花嫁修業ですからね！　コレも先輩の仕事ですから！」

「わ、分かった！　分かったから！」

花鈴がこれ以上ないほどの笑顔《えがお》で、ぐいぐい俺に近づいてくる。

その勢いに呑《の》まれ、俺は首を縦に振《ふ》っていた。

※

テンションの高い花鈴に圧倒《あっとう》されながら、屋台料理を食べ終えた後。

俺たちは花鈴の提案で、各クラスの企画《きかく》を見て回ることにしたのだった。

「先輩先輩っ！　コッチです！　あっちの一年二組のクラスです！」

「分かった！　分かったから落ち着けって！　慌《あわ》てなくてもついていくから！」

俺の手を握り、ぐいぐい引っ張ってくる花鈴。ほんと、ものすごいはしゃいでんな。

「ってか、そこは何の企画やってんだ？　展示か？」

「えへへ～。見れば分かりますよ？　ほらっ！」

そう言い、前方の一年二組を指さす花鈴。直後、俺は思わず足をとめた。

「え……？」

花鈴が指さした教室からは、邪悪《じゃあく》な雰囲気《ふんいき》が漂《ただよ》ってきていた。

その教室の扉《とびら》は閉まり、窓ガラスも暗幕で閉ざされているため一切《いっさい》中を見ることはできない。その代わり、外観にはかなりの工夫《くふう》が施《ほどこ》されている。

扉や外壁《がいへき》にはあちこちに赤い手形が付き、ボロボロのお札が張られていた。また、明らかに見たら呪《のろ》われそうな不気味な絵画なども飾《かざ》ってあり、恐怖心《きょうふしん》を掻《か》き立ててくる。

一年二組の出し物は、定番のお化け屋敷《やしき》であった。

しかもこれ……ガチでヤバいヤツだ。本気で怖《こわ》がらせにきているヤツだ。

「先輩《せんぱい》……？　どうしていきなり止まったんですか？」

「い、いや別に？　なんでもねーし。ってか、あっちの教室面白《おもしろ》そうだな〜！　ストラックアウトやってんのかー」

「ちょ、先輩！　あっちじゃないですよ！　花鈴の目的は二組の方です！」

「あ〜、なるほど。はいはい、ここね。ところでここ、何をやってるんだ？　なんか暗幕張ってあるけど？」

「いや、あの……お化け屋敷ですよ？　普通、一目で分かりますよね……？」

訝《いぶか》しげに俺を見る花鈴。そして、遠慮《えんりょ》がちに聞いてくる。

「あの、先輩……。もしかして、お化け屋敷とか無理でした……？」

「は？　バッカ、お前何言ってんだよ。まさか、俺が怖がってると思ってるのか？」

「えっと……。そうじゃないんですか？」

「違《ちが》うって。止《や》めてくれよ、そーいうの。何か俺、すげー恥ずかしいヤツみたいだろ？」

「そうですか……？　恥ずかしくはないと思いますけど……」

いや、恥ずかしいわ。主に俺が。高校生にもなってお化け屋敷が怖いとか、そんなん認められるわけねーだろ！

「ってか、花鈴こそ平気なのかよ？　怖いの苦手なイメージあるけど。お前が無理なら、止めといたほうがいいと思うぞ。いや、俺は全然大丈夫《だいじょうぶ》だけどな？　花鈴のために言ってるんだぞ？　俺は全然大丈夫だけどな？」

いや、無理無理無理無理。こんなん絶対無理だって。花鈴、お願い怖いと言って。

「そうですね～。決して得意ではないですよ？　でも――」

花鈴が繋いでいた手を放す。代わりに肘《ひじ》に抱き着きながら眩《まばゆ》いくらいの笑みで言う。

「先輩が守ってくれますから！」

「お、おう……」

顔を俺の肩にくっつけて、軽く頬ずりをする花鈴。

おい、何だ？　この俺を信頼《しんらい》しきった表情は。心から溢《あふ》れるような笑顔は。メチャクチャ断りづらいんですけど！

「すみません！　二人お願いします－！」

「はい、どーぞぉ……。逝《い》ってらっしゃいませぇ……」

「げっ……！」

なんて俺が困っている隙《すき》に、花鈴が勝手に幽霊《ゆうれい》コスをした受付の女子生徒に声をかける。

そして彼女に案内されて、教室へ入る羽目になってしまった。

「えへへ。楽しみですね、天真先輩♪」

「……っ！」

生唾《なまつば》を呑み込みつつ扉を開くと、中は完全な闇《やみ》だった。道が分かるよう進路が蓄光《ちくこう》テープで示されているが、それ以外ほとんど何も見えない。また、小型の扇風機《せんぷうき》でも使っているのか嫌《いや》な風がどこかから吹《ふ》いており、恐怖心を掻き立てる重苦しい音楽も流れている。

「すごいですね……。思ったよりもクオリティが高いです。これは期待できますよ……」

「そ、そそそうか？　ここれくらい普通じゃね？」

「あの、先輩……？　大丈夫ですか？　なんか、すごい震《ふる》えてません？」

「は⁉　全然だけど⁉　震えてないけど⁉　強《し》いて言うなら武者震《むしゃぶる》い的な⁉」

今更《いまさら》引き返したいとか言えねえ！　ホントは超絶怖《ちょうぜつこわ》いとか言えねえ！

「そうですか……？　それじゃあ、進んでみましょうか！」

より強く俺の肘を抱《だ》き、ピタッと密着する花鈴。そして彼女は俺を引っ張るような形で、慎重《しんちょう》に奥へと歩き始めた。

そして、ゆっくりと十歩ほど進んだ頃《ころ》。

突然《とつぜん》目の前が小型のライトで照らされる。それにより、数センチ先に吊《つ》るされていた人形の生首が姿を見せた。

「キャーッ――」

「ボワアアアアアアアアアアアアアアアアアアアッッッッ！」

ナニコレナニコレナニコレナニコレ！　怖い怖い怖い怖い怖い怖い怖い――！

ヤバイ、これヤベェ！　ヤバすぎて何か変な声出た！　花鈴の悲鳴を打ち消すほどのとんでもない声が放出された！

「せ、先輩⁉　何ですか今の声⁉　爆発《ばくはつ》みたいな叫《さけ》び声が――ひゃうっ⁉」

俺は咄嗟《とっさ》に花鈴を引っ張り、右側に作られた通路に逃《に》げ込む。

その瞬間《しゅんかん》、通路の奥からうめき声。

『うぅ〜〜〜〜〜〜〜〜あぁ〜〜〜〜〜〜〜〜〜〜〜〜〜〜〜〜〜〜〜〜〜〜〜〜〜〜〜！』

ゾンビ役の生徒が両手を突《つ》き出し、俺たちに向かって走って来た。

「ンノォォオオオオオ————ッ！　ヘルプ！　ヘルプミ————！」

「せ、先輩！　正しい道、多分あっち側ですよ！」

花鈴の指摘《してき》で慌てて方向転換《てんかん》し、正規ルートと思われる左側の通路へ移動。

すると——

「きゃはははっはははハッハハッハハハハハ！」

唐突《とうとつ》に聞こえる、女性の不気味な笑い声。

「ぬぎゃ————————っ！　呪い殺されるぅ————————！」

「ちょっと、先輩！　急に引っ張らないでください————————っ！」

花鈴と二人で、ダッシュして通路を駆《か》け抜《ぬ》ける。すると女性の笑い声は止んだ。

や、ヤバイぞこれ……。思ったよりも、怖すぎる……！

「あ、あの……。先輩……。やっぱり、怖いの苦手だったんですか……？」

俺の慌てっぷりを目にした花鈴が、再び遠慮がちに尋《たず》ねる。

「い、いいいいや……？　おお化けなんていないし？　かかかか科学的に考えて……！」

「メッチャ震えてるじゃないですか！　先輩、絶対お化け屋敷とかダメな人でしょ！」

「だだだだダメちゃうわ！　こんなん、ヨユーで入れるわ！」

いや、嘘《うそ》です。ムリです。しかもここ絶対やベーヤツだろ！　作り物に交じって本物が出てくるレベルのクオリティだよ！　文化祭とは思えねーよ！

「まさか先輩が怖いの苦手だったなんて……。確かにここでドキドキさせるつもりだったけど、こんなに震えてると無意味かも……。せっかくのつり橋効果大作戦が……」

なんだかよく分からないことを言う花鈴。

つり橋効果って、何だっけ……？　聞いたことあるけど思い出せない。恐怖のせいでそれどころじゃねえわ……。

「こうなったら……エッチな方向でドキドキさせます！　先輩、覚悟《かくご》してください！」

「え……？」

花鈴の決意がこもったセリフ。次いで、何かが擦《す》れる音がした。まるで、花鈴が俺のすぐ側《そば》でシャツやスカートを脱《ぬ》いでいるような……。

「ふふっ。先輩、分かりますー？」

花鈴が声を弾《はず》ませる。そして、とんでもないことを言い出した。

「暗闇で花鈴の姿は見えませんよね？　でも花鈴は今、エッチな格好《かっこう》しちゃってます！」

——その直後、天井《てんじょう》から『何か』が落ちてきた。

「っ……!?」

思わず、落ちてきたそれを拾い上げる。見ると……バラバラになった人形の手足。

「うわぁぁぁああああああああああああ!!!!??」

あかんヤツだ！　これ、あかんヤツだ!!　バラバラ！　バラバラ殺人事件んんん！

驚《おど》きのあまり、そのままドデンと尻餅《しりもち》をつく。

「先輩ーっ！　大丈夫ですか!?　ってか、花鈴の話聞いてましたか？　今花鈴、下着姿になってるんですけど……」

「あああああ……ああああああ……」

「ダメですこの人！　恐怖のあまり花鈴の露出《ろしゅつ》を意識してません！」

あばばばばばばばば……！　あばばばばばば……！　嫌だ……モウナニモワカラナイ……。

「ちょっと先輩！　早く立ってください！　そして、花鈴で興奮してくださいよ！　花鈴がどんな格好してるか、考えて興奮してください！」

「ううぅぅ……。あれ……？　なんか、立てない……!?」

「しかも腰抜《こしぬ》かしてるじゃないですか！　男の子なのに怖がり過ぎです！」

花鈴が俺の手を引っ張って、必死に立ち上がらせてくれる。

「もうっ！　これじゃ作戦どころじゃないですね……。こうなったら早くお化け屋敷出ますよ！　花鈴が支えてあげますから！」

「ぜぜぜぜぜぜぜぜ全然怖くねーし！　むしろ笑えてくるわ！　ぐわははは！」

「もうそういうのいいですから！　とっくに怖いのバレてますから！」

あまりに震えていたせいか、すっかり見抜かれてしまっていた。

「むしろ花鈴が先輩に助けてもらいたいんですが……本当にしょうがないですね！」

文句を言いつつも、花鈴が俺の手を引いて先導しながら出口へ向かう。これはさすがに申し訳ねぇ……。でも怖すぎて花鈴に全《すべ》て任せるしかない。

「それより先輩！　花鈴、下着姿なんですよ！　どうです？　ドキドキしませんか？」

「ギャー！　あっちにまたゾンビの群れが――――！」

「話聞いてません⁉　だったらブラも脱ぎますよ！　これで興奮してくれますか⁉」

「うわあああああ！　こっちには血まみれのマネキンが――――！」

「ぐぬぅ～！　脱いでるのに意識されません～～！　最近こういうこと多いですー！」

花鈴が俺を引っ張りながら、迷路のようなお化け屋敷を進んでいく。

「なんで花鈴、パンイチ姿で先輩を助けなきゃいけないんですかー！」

危険なことを喚《わめ》く花鈴だが、恐怖でツッコむ余裕《よゆう》はない。

しかし、そんな恐怖にも終わりは来る。通路の先に、ようやく明かりが見えてきた。

「早くっ！　早くここから出してくれえええ！」

「はあっ……はあっ……。もう、疲《つか》れました……。結局目的も果たせないですし……」

恐怖のあまり叫ぶ俺と、息を切らしてひどく疲れた様子の花鈴。

――と、その時。俺たちの背後から声が聞こえた。

『もうヤダ、ここー！　早く出たいよー！』

『おい、待て！　走んな！　置いてくなって！』

カップルと思《おぼ》しき生徒たちの声。彼らは恐怖《きょうふ》のあまりか、出口に向かって駆けてくる。

つまりは――俺たちのいる場所へ駆けてくる。

「えっ、嘘……！　ヤバイです！　今花鈴、こんな格好なのに……！」

そして俺の隣《となり》には、さっき服を脱いだ花鈴がいる。暗闇とは言え、このまま彼らと接《せっ》触《しょく》したら気づかれてしまう可能性がある。

これは――怖《こわ》がっている場合じゃねえええええ！

「うわあああああああああっ！　花鈴やべぇぇぇぇぇぇ――――――――――っ！」

俺は咄嗟に、隠《かく》すようにして花鈴の体をギュッと抱《だ》きしめた。

「えっ!?　せっ、先輩《せんぱい》!?」

「うおおおおおっ！　じっとしてろおおおおおっ！」

そのまま花鈴と共に壁際《かべぎわ》へ移動。俺の体と壁の間に露出中の花鈴を隠す。

『ここあり得ない！　怖すぎるもん！　やっぱり来るんじゃなかったー！』

『だから待てって！　俺だって普通《ふつう》に怖いんだからな⁉』

その直後、カップルの声と足音が俺たちを通り過ぎて行った。

「はあっ……はあっ……！　大丈夫か、花鈴ッ⁉」

心配に思い、問いかける。すると――

「うぅ……！　こっちのほうがヤバイですよぅ……！」

消え入りそうな声で、花鈴が言った。

その後、二人でお化け屋敷《やしき》の外へ出た時、花鈴の顔には仄《ほの》かに赤みがさしていた。

※

花鈴の力を大いに借りて、お化け屋敷から脱出《だっしゅっ》した後。

俺たちは空き教室で休みつつ、次の予定を練っていた。

「先輩先輩！　最後にステージ企画《きかく》観に行きませんか？」

「ステージ企画……？」

怖がり疲れてげっそりしている俺だったが、彼女はまだまだ元気そうだ。

「はい！　体育館の方で、一日中色々なことをしてるんです！　演劇部の舞台《ぶたい》とか、ファッションショーの企画とか！　ちなみに今は……ミスコンやってるみたいです！」

ミスコンねぇ……。正直あんまり興味はないが……。

でも今は、一応花鈴とのデート中だ。こいつが楽しそうだというなら、ついていく以外に選択肢《せんたくし》はない。時間的にもそのミスコンが終わった後に、仕事に戻《もど》るのが良さそうだ。

「分かった……。それじゃあ、観に行くか」

「わーい！　ミスコン楽しみですっ！」

そして俺たちは、デートの最後に体育館へと足を運んだ。

※

『今回のミスコン優勝者は――――神宮寺月乃さんに決定――――っ！』

体育館に入った瞬間、司会の少女が高らかに宣言。

そして舞台上には、可愛《かわい》らしいティアラを載《の》せた月乃が困惑《こんわく》の表情で立っていた。

「いや、アイツは何をやってんだ――――っ！」

『ウオオオオオオオオオオオオッ！』と、観客が盛り上がる中、俺は思わず叫んでいた。

「お、お姉ちゃん……。こんな所にいたんですね……」

「な、何で月乃がミスコンなんかに……。こういうの、興味なさそうなのに……」

しかも、ちゃっかり優勝してるし……。

『月乃さ────ん！　おめでとうございま────すっ！』

『こっちに目線くださ────い！』

『手ぇ振《ふ》って！　頼《たの》む手ぇ振って────っ！』

ってか、コイツの人気マジで凄《すご》いな。周りの観客が男女問わずに、月乃にエールを送りまくっている。やっぱ、相当モテるんだろうな……。

「お姉ちゃん、多分友達に無理やり参加させられましたね。前も似たことありました」

「あ～、なるほど……。そりゃ難儀《なんぎ》だな……」

それでも優勝するあたり、月乃は凄いやつだと思う。

確かに、改めて見ると月乃はかなり可愛いからな。舞台上には他のミスコン参加者らしき数人の女子が並んでいるが、月乃は頭一つ抜きんでている。

「ってか、どうする？　コンテストもう終わってるけど……」

「そうですね……。お姉ちゃんが出てるなら尚更《なおさら》見てみたかったですけど……。お終《しま》いなら仕方ありません。最後はどこかのクラスで遊んで――」

などと俺たちが今後の動きを話し出した時。

月乃の隣に立つ司会の女性が、聞き捨てならないことをほざいた。

『さあ、それでは引き続き！　ミスターコンを開催《かいさい》したいと思いま――すっ！』

「ミスターコン……？　要するに、男のミスコンか？」

「へぇ～。そんなのもやるんですね～」

『そして優勝賞品は、なんとミス青林の月乃さんとの、文化祭でのデート権でーす‼』

『うおおおおおおおおおおおおおおおおおおおおおおおおおおおおおおっ！』

「なにィッ⁉」

あの司会、今とんでもないこと言わなかったか⁉　優勝者は月乃とデートだと⁉

月乃が一日知らない男とデートすることになるなんて……。そんなことしたら、月乃がソイツに発情して襲《おそ》いかかってしまうかもしれない！　そうなれば月乃の性癖《せいへき》はバレる。

いや、それよりも……。襲われた男子がエロ行為《こうい》の被害者《ひがいしゃ》になってしまう！

突然《とつぜん》月乃に性的行為を仕掛《しか》けられれば、その男子生徒はきっと驚くことだろう。いきなり襲われ、辱《はずかし》められ、心に深い傷を負うはずだ。その上、精力を吸いつくされて干《ひ》からびてしまう恐《おそ》れもある！　月乃のターゲットになるということは、それだけの危険を孕《はら》んでいるんだ！

ふと月乃を見ると、司会の言葉で顔が真っ青になっていた。彼女も発情のことを危惧《きぐ》してるようだ。

しかしそんな月乃の様子に気づかず、司会はさらに民衆を煽《あお》る。

『ちなみに、飛び入り参加もＯＫでーす！　さあ、皆《みんな》！　ふるって参加しろ――！』

「ま、マジかよ！　それなら俺も行くぜ！」「待て！　優勝するのは俺だ！　月乃さんとデートして、その流れで恋人《こいびと》になるぜ！」「おい、馬鹿《ばか》お前らやめとけって。陰《いん》キャに勝ち目があるわけないだろ？」「あ！　私も参加する――！」

賞品の豪華《ごうか》さに釣《つ》られて、加速度的に盛り上がる観客。しかもその中からは一部の生徒が、ワンチャン狙《ねら》って舞台へ移動。

あの馬鹿ども！　月乃の危険さを知らないで……！　しかもなんで女子まで参加しようとしてるんだよ。

「え、あ、う……。ど、どうしよう……」

しかし月乃は困惑し、逃《に》げることもできずにあわあわと辺りを見渡《みわた》していた。

これは、さすがに放《ほう》っておけない。彼女の秘密を知る者として、性癖を守ってあげないといけない。そして何より、罪のない男子を月乃の魔《ま》の手から救わないといけない！

「悪い、花鈴……。デートはちょっと預けるぞ」

「え、先輩？　どこ行くんですか⁉」

俺は花鈴に詫《わ》びを入れ、観客たちをかき分けながら舞台上へと昇《のぼ》っていく。

「え……っ⁉　て、天真⁉」

俺の姿を見た月乃が、困惑の表情に驚きを混ぜる。

俺は彼女に一度頷《うなず》く。そして、司会に宣言した。

「俺も参加させてもらいます！」

※

『さあ、いよいよ始まりましたー！　ミスター青林コンテスト！　この学校で一番格好《かっこう》良い男子生徒は、一体誰《だれ》になるのでしょーか！』

司会の煽り文句と同時に、舞台下にいる観客が沸《わ》く。

あの後俺は舞台に立ち、本当にミスターコンに参加していた。

いや、もちろん正直嫌《いや》だよ？　こういうの出るキャラじゃないよ？

でも、月乃を他の男とデートさせるわけにはいかない。なんとしてでも俺が優勝し、月乃とのデート権を奪《うば》わなければ。

ちなみに、結局大会に参加したのは、俺を含《ふく》めた七人の男子たちだった。当然俺以外は全員イケメン。

あ、ヤバい。これは負けましたわ。

こんなの俺が勝てるワケないだろ！　だってこれ、ミスターコンテストだぞ！　この学園で最も優《すぐ》れた男子を決める勝負だぞ！　イケメンが勝つに決まってんだろ！　俺なんかどうやっても勝てっこねーわ！

………………と、思うじゃん？

確かに見た目の格好良さでは、俺など他の六人の足元にも及《およ》ばないだろう。

しかし、俺には秘策があるのだ。このミスターコンで勝ち抜《ぬ》く秘策が。並みいるイケメンを差し置いて、ミスター青林の座につく秘策が！

『それでは最初の審査《しんさ》ですが、まずはシンプルな見た目審査です！　観客の皆様にはお手元のスマホで、「青林学園ミス＆ミスターコンサイト」に今すぐアクセスしてもらいます！　そしてここに並んだ七人の内、一番カッコイイと思う男子一人に票を入れてあげてください！　あなたの一票が、ミスター青林を決めるのです！』

うわ、最初から見た目審査かよ。票少なかったら超恥《ちょうは》ずいヤツじゃん。

『さあ！　早速《さっそく》結果が出てまいりましたー！　集計結果は、舞台奥にあるスクリーンに映し出されます！』

後ろを見ると、巨大《きょだい》なスクリーンが張られていた。そしてそこには一人ずつ順に、名前と票数が映し出される。

──加藤靖人《かとうやすひと》　六十二票

『おおおおおおおおっ！』

その票数に、観客たちが盛り上がる。この場にいる生徒の数を考えると、悪くはない票数だろう。

その後も、他の五人の名前と票数が表示されるたびに、似たような反応が観客たちから湧《わ》き上がる。さすがイケメンたちだけあって、票はかなり割れていた。

そして、最後に出たのは俺の名前。

──一条天真　一票（最下位）

『ギャハハハハハハハハハハハハ！』

おかしくね……？　なぜ俺の時だけ爆笑《ばくしょう》が起こるの？　完全に生き恥《はじ》じゃないですか。

「一条ってヤツ、マジ哀《あわ》れだなw　なんで参加してんだよw」

「ってか、誰アイツー？　めっちゃ陰キャっぽいんですけどーw」

また、観客たちは遠慮《えんりょ》なく俺の心を抉《えぐ》ってくる。

いや、でも頑張《がんば》ったほうだと思うぞ？　だってこの中の一人はイケメンよりも俺を選んでくれたんだから。誰だか知らんが、一票くれた奴《やつ》ありがとう！

『さあ、早くも脱落《だつらく》寸前の生徒が一名！　しかし、まだまだ勝負はこれからだーっ！』

司会の失礼な言葉にも、俺は負けずに生きようと思う。

『この後は男らしさを試す体力審査や、頭の良さを試すクイズ審査が待っている！　全《すべ》ての審査の総合得点でトップに立った者こそが、ミスター青林にふさわしいのだ――！』

これから残り二つの審査か……。

しかし、最初から劣勢《れっせい》だな……。いきなり他の出場者たちに何十点も差をつけられている。これは正直、予想以上の苦戦っぷりだ。

こんな状況《じょうきょう》……果たして逆転できるのか……？

『さあ、ミス青林の神宮寺月乃とデートするのは誰なのか――!?』

司会の声と観客の歓声《かんせい》が、高らかに会場に響《ひび》き渡《わた》った。

※

まあ、最後は俺が勝つんですけどね。

『決まった――――！　ミスターコンテスト優勝は、まさかの一条天真選手だ――！』

『ブ――――――――――――――――――――ッ！』

司会の高らかなる宣言と、観客たちのブーイングが俺一人のために注がれる。

「ひっこめ一条ー！」

「陰キャのくせに目立ってんじゃねーよ！」

「邪魔《じゃま》なんだよ、コラ！　退学しろ――――！」

「うるせ――！　勝ったのは俺だ！　文句言うな――――！」

溢《あふ》れんばかりのブーイングに、俺は真っ向から叫《さけ》び返した。

やはりここにいる観客全員、俺が勝つとは露《つゆ》ほども思ってなかったようである。

しかし、俺自身だけは確信していた。こうなることは、やる前から分かりきっていた。

なぜなら俺は、知っていたのだ。このミスコンの審査内容を。

生徒会の一員として働いてきた関係で、各クラスの出し物や、全体のイベント企画《きかく》にも携《たずさ》わることが多少あった。俺はその時にミスコン企画について知り、審査の項目《こうもく》もチラッと聞いていたのである。そして見た目審査はともかくとして、他の二つの審査内容で差をつけられると思ったのだ。

実際、体力審査でもクイズ審査でも、俺は他の追随《ついずい》を許さないブッチ切りのトップに立った。その結果、見た目審査の分を取り返し、優勝することができたのだ。

しかし、バイトで鍛《きた》えた筋肉や、勉強で培《つちか》った知識力がこんな形で役立つとはな……。

「て……天真……」

ミス青林に選ばれた月乃が、俺の元へと歩いて来る。

『さあ！　これで青林のトップ二人が決まった——！　皆、お二人に盛大な拍手《はくしゅ》をお送り下さい————っ！』

司会の言葉に応《こた》える形で、拍手——ではなく、再び激しいブーイングが起こる。

「あーあー！　月乃かわいそー！」

「あんなヤツに月乃さんを渡すな——！」

「来年から知力と体力の審査を外せ——！」

「あーもう、うるせえ！　俺こそが月乃にふさわしいんじゃ————！」

我慢《がまん》できず俺が反論すると、さらにブーイングが勢いを増した。ああ、もうダメだ。これは気にしない方がいいな。

俺はブーイングに紛《まぎ》れるようにして、隣《となり》の月乃に話しかけた。

「よう、月乃。よかったな。これで発情癖《へき》がバレることはないぞ」

「う、うん……。ありがとう……。助かった……」

そっぽを向きながら、微《かす》かな声で言う月乃。

『おおっと、優勝者二人が仲良さそうに話しているぞー！　早速デートの相談かー!?』

いや、違《ちが》うから。煽んな煽んな。観客どもも俺に上履《うわば》きを投げようとするなよ。

『さあ、どうします？　お二人さん。早速デートに向かっちゃいますか？　それともこの場で景気づけに……一回キスとかしちゃいますー？』

「きっ、キスぅ!?」

突然の無茶ぶりに、月乃の顔が爆発《ばくはつ》したみたいに真っ赤に染まった。

観客の視線もいよいよ殺気を帯びてくる。

『それが無理なら、ハグとかだけでもいいですよ？　なんにせよ、締《し》めに何か絵になることをしてほしいなって司会は思うわけですよ』

「そ、そ、そんなこと言われても……アタシは――！」

「あー、悪い。俺たち、このままデート行くわ」

月乃と司会の間に入り、彼女のお願いを断る形で無理やり会話を終了《しゅうりょう》させる。

『え～。ちょっとくらいこの場でイチャついてもいいじゃないですか～』

「いや、俺たちはそういうのいいから」

第一、こんなところでキスとかしたら、発情した月乃が皆の前で俺を性的に襲うことになるぞ。そんなん絵的にもアウトだろ。いい加減、観客たちのブーイングもウザいし。

俺は月乃に「行くぞ」と声をかけ、舞台袖《ぶたいそで》へと歩いていく。

「天真……」

「もう大丈夫《だいじょうぶ》だ。ついてこい」

「う、うん……」

いつもの力強さはどこへやら、顔つきも足取りもひたすら不安そうな月乃。

きっと、よほど気をもんでいたのだろう。知らない男とデートをすることになるかもしれないプレッシャー。その上、自分の性癖がバレるかもしれないプレッシャー。それらに押《お》し潰《つぶ》されそうになり、死ぬほど不安だったはずだ。脅威《きょうい》が取り払《はら》われた後も、すぐ安心はできないのだろう。

ここは……俺がしっかりコイツを支えてやらないとな。

俺は月乃を振《ふ》り返り、彼女の顔をじっと見る。そして、安心できるように告げた。

「俺に任せろ。いつでも助けてやるからさ」

「っ……！」

切れ長だった月乃の目が、なぜだか大きく開かれる。そして——

月乃が、俺に抱《だ》き着いてきた。

「…………………………え？」

何が起きたのか、すぐには理解できなかった。

何かが俺に飛びかかり、次いで体を包まれる感覚。

「え…………………………え？」

月乃の細く可愛《かわい》らしい腕《うで》が、俺の体をギュッと抱いていた。

あれだけ俺を避《さ》けていた月乃が……発情癖を隠《かく》すために、自分からは男に近づかない月乃が……俺に熱い抱擁《ほうよう》をしている。

時間が止まったような感覚。

そして、皆《みんな》の感情が炸裂《さくれつ》した。

「うわあああああああ――――――――――っ！」

「ずりぃぞ、一条――――！　そこ代われ――――――――――っ！」

「月乃――――！　あんな奴に抱きついちゃだめ――――――――――っ！」

嫉妬《しっと》と羨望《せんぼう》、そして絶望の叫び声が体育館中に激しく反響《はんきよう》。

おいおいおい待て。おかしいおかしい。叫びたいのはこっちの方だ。

いま一体何が起こっている⁉　月乃お前、どうして俺に抱き着いてきた⁉

ってか、このままじゃまた皆の前で発情し――

「………あっ⁉」

「うげっ！」

直後、すぐに俺から離《はな》れる月乃。観客の悲鳴で我に返り、発情する危険を悟《さと》ったのだろうか。いつものように息が荒《あら》くなる直前に、俺を突《つ》き飛ばす形で離れる。

「ち、ちがっ……！　今のは……あ、あ、足がもつれただけっ！」

月乃が首と両手を何度も横に振りながら言う。

「あ……。なるほど……！　そういうことか……！」

要するに、転んだ拍子《ひょうし》に抱き着いてしまっただけなのか……。なんだ……びっくりさせやがって……。

いや、だとしても問題がある。

それは、俺以外の奴らはそんな言い訳を聞いてくれないと言うことで……。

『ミス青林からの熱烈《ねつれつ》なハグ――！　これはもうカップル確定か――⁉』

『ぎゃあああああ――――っ！』

月乃からのアタックを見て、会場中が阿鼻叫喚《あびきょうかん》の様相を呈《てい》する。

『いやー、しかし。今のはすごいハグでしたねぇ。ミス青林の月乃さん？』

「え⁉　い、いや……。今のはえっと……」

『よほど一条君が好みなんですね。もうこれは、この場でキスするしかないです！』

おい、馬鹿《ばか》！　変に煽《あお》るなよ、司会っっ！

「な、ななな何でそんなことっ！」

『だって面白《おもしろ》そうだもーん。さあ、二人ともー、キスをしてー♪』

『やめろおおおおおおおおおおおおおお！』

面白がって危険な提案をする司会。そして、それを阻止《そし》しようと喚《わめ》く観客。全員の声が重なり合って、異常な盛り上がりを見せてきた。

しかも一部の観客は、力づくでも俺と月乃を引き放すために、壇上《だんじょう》へと駆《か》けてくる。

「て、天真……！　どうしよう……⁉」

異様な状況に、月乃が不安そうな顔をする。でもそれ、俺も聞きてえよ！

この状況、一体どうすりゃいいんだ⁉　どう収拾《しゅうしゅう》つければいいんだよ⁉

——そう、俺が心で叫んだとき。

館内に設置されたスピーカーから、大音量のアナウンスが鳴った。

『えー、生徒会の一条天真君。緊急《きんきゅう》の用事がありますので、今すぐ生徒会室に来るように。繰《く》り返します。生徒会の一条天真君。緊急の用事がありますので――』

この声は……愛佳さん⁉

そのアナウンスが、会場の盛り上がりに水を差す。会場のキスコールが一旦《いったん》止まった。

隙《すき》をつくなら、ここしかない！

「皆、悪い！　呼び出されたから俺行くわ！」

「あっ、天真⁉」

月乃はもう、放《ほう》っておいても大丈夫なはずだ。

俺はすぐさま舞台《ぶたい》を駆け降《お》り、体育館から出ていった。

※

天真が走り去る姿を見ながら、さっきの出来事を思い返す。

アタシ……一体、何をしちゃったの……？

自分でもよく分からないうちに、アタシは天真に抱き着いていた。

ほんの一瞬《いっしゅん》のこととは言え、確かに、ギュッと抱き着いていた。

アレは、完全に無意識の行動だった。自分から天真に抱き着こうと思って、実際にやったわけではない。

なんでアタシは、あんなバカなことをしたんだろう。よりによって、皆が私たちを見ているときに……。

いや……。その理由だけは明らかだ。

『俺に任せろ。いつでも助けてやるからさ』

天真がアタシにかけてくれた一言。昔、思い出の子がアタシにかけてくれたのと、全く同じそのセリフ。

あの言葉を聞いた途端《とたん》、気持ちが一気に溢《あふ》れてしまった。自分の心にしていた蓋《ふた》が、ほんの一瞬外れてしまった。

アタシの中で、天真と初恋《はつこい》の男の子が重なり、そして理解してしまったんだ。

『きっと天真が、アタシの運命の人なんだ』と。

※

「つ、月乃お姉ちゃん……？」

月乃お姉ちゃんが先輩《せんぱい》に抱き着いたその瞬間、私の胸がキュッと縮んだ。

お姉ちゃん……どうして先輩に抱き着いてるの？　先輩のこと、好きじゃないって言ってたのに。私の恋愛《れんあい》、応援《おうえん》してくれるって言ったのに……。

それに、天真先輩も……。

私とのデート中に、どうしていきなりミスターコンに参加したの？　やっぱり、お姉ちゃんとのデート権が欲しかったから？　私より、お姉ちゃんとデートがしたかったから？

「…………っ」

自然に顔が下を向いてしまう。周りの音が聞こえなくなる。

先輩がアナウンスで呼び出され、体育館から出ていったことを知ったのは、かなり時間が経《た》ってからだった。

※

体育館を抜《ぬ》け出した後。スマホを見ると、愛佳さんから何度も着信が入っていた。

まさか本当に校内放送で呼び戻《もど》しにかかるとは……。おかげですごく助かったぜ……。

でも、一体何があったというのだろう。詳《くわ》しい話を聞くために、俺はすぐさまかけ直す。

『もしもし、天真様ですか？』

「はい、すみません。取り込んでて出られませんでした」

『こちらこそ無理に呼び出してしまい、本当に申し訳ありません。しかし、少々困ったことになりまして……』

「困ったこと……？」

尋《たず》ねると、愛佳さんが暗い声で答えた。

『実は――雪音お嬢様《じょうさま》が、仕事中に倒《たお》れてしまいまして……』

「え……？」

世界から一瞬、全《すべ》ての音が消えた気がした。

『先ほどから少しずつお店が忙《いそが》しくなってきたのですが、パンケーキを焼いている最中に突然《とつぜん》意識を失ってしまって……。――天真様？　聞いておられますか？』

「……っ！」

名前を呼ばれ、我に返る。そして俺は怒鳴《どな》るように聞いた。

「そ、それで！　雪音さんは今どこに!?」

『私が保健室にお運びしました。今はベッドで寝《ね》ておられますが――』

「すぐに行きますっ！　待っててください！」

俺は乱暴に通話を切り、急いで保健室へと駆けた。

執事《しつじ》服姿での全力疾走《しっそう》。周囲の訝《いぶか》しげな視線など気にせず、昇降口《しょうこう》から校舎に入る。そして廊下《ろうか》を抜けていき、その端《はし》にある保健室へ到達《とうたつ》。

俺は勢いよく扉《とびら》を開いた。

「愛佳さんっ！　雪音さんは⁉」

「天真様。大きな声を出さないでください」

指を立て、しーっと注意する愛佳さん。その後、彼女が部屋の隅《すみ》へと視線を向ける。カーテンで仕切られたベッドの方だ。

「……っ」

俺はゆっくりとカーテンを開く。すると、中では雪音さんが安らかな顔で眠《ねむ》っていた。

「保健の先生によると、おそらくは過労だということです。少し休めば治るようですね」

「過労……ですか……」

とりあえず、命の危険がある症状《しょうじょう》ではないようだ。思わずほっと息をつく。

「やっぱり、ここ最近のお嬢様は働き過ぎだったようですね……。私も副会長としてサポートをしたつもりだったのですが……まだまだ足りなかったようです」

そう言い、愛佳さんが残念そうに顔を伏《ふ》せた。

愛佳さんが三姉妹のことを本当に強く想っているのは、新婚《しんこん》旅行の時に知った。きっと彼女は雪音さんがこんなことになって、責任を感じているのだろう。

そして、それは俺も同じだ。

「すみません、愛佳さん……。俺が側《そば》についていながら……。愛佳さんに三人のことを任されたばかりだったのに……」

「いえ、天真様のせいではありませんよ。これは雪音お嬢様の意思の問題でしょうから」

愛佳さんが、寝ている雪音さんの頭に触《ふ》れる。

「雪音お嬢様は、一人で働き過ぎなんです。家では皆《みんな》のために家事をこなして、生徒会などの組織でも誰《だれ》より熱心に働き続ける。お世話係だった私のことも、自分からは頼《たよ》ろうとしない。例の性癖《せいへき》のせいなのか、いつもそうやって自分のことを追い込んでいます」

やはり愛佳さんも、雪音さんの働き方を異常だと思っているようだ。

「もう少し、ご自身の体を労わってほしいものですね。心配でどうにかなりそうです」

雪音さんの黒髪《くろかみ》を、慈《いつく》しむように撫《な》でる愛佳さん。

そして彼女が俺を見た。

「天真様……。念のために、しばらくここでお嬢様を見ていてくれませんか？」

「え？」

「きっとお嬢様は目を覚ましたら、またお店に戻って仕事をしようとするはずです。だから、それを止めてもらいたいんです。保健の先生は用事で少し出ていますし、私はお店に仕事を残していますので……」

愛佳さんが申し訳なさそうに頭を下げる。

「お店がもっと混雑したら天真様にも来て頂きますが、それまでお願いできますか？」

「……………分かりました。任せてください」

一瞬、俺も店に戻って仕事をするべきかと思ったが、彼女の意図を察して止めた。

彼女はきっと、俺に雪音さんを託《たく》そうとしてくれているんだ。仮の夫である俺に。

「ありがとうございます。それでは、一旦失礼致《いた》します」

本当は、自分も雪音さんの側にいたいのだろう。愛佳さんは雪音さんの方を振《ふ》り返りながら、名残惜《なごりお》しそうに去っていった。

そして俺はベッド横のパイプ椅子《いす》に座って、改めて雪音さんの顔を見る。

「雪音さん……」

愛佳さんの言う通り、この人はいつも一人で働き過ぎだ。

雪音さんが皆の期待に応《こた》えるために頑張《がんば》っているのは理解している。でも、それにしたって限度がある。何もこんな風に倒れるまで働く必要はないはずだ。

本当にどうしてこの人は、全部一人で抱《かか》え込むんだ？　俺を頼ってくれないんだ？

昨日の生徒会の仕事だって、最初から俺にも声をかけてくれれば、もっと早く終わったはずだ。普段《ふだん》から少しでも俺を頼ってくれていれば、こんなことにはならないのに……。

この調子だと、愛佳さんの懸念《けねん》通りになるだろう。雪音さんはきっと、目を覚ましたら仕事に戻ろうとするはずだ。

「そんなの、絶対に許しませんよ……！」

こうなったからには、意地でも雪音さんには休んでもらわないといけない。雪音さんが自分のことを追い込むなら、俺たちがそれを止めるしかないんだ。

俺はこれ以上雪音さんに自分を傷つけさせはしないと、強い決意を胸に抱《いだ》いた。

※

「ん……んぅ……。天真、君……？」

俺が保健室に来てから数十分後、雪音さんがベッドの上で目を覚ました。

彼女は俺の姿を見ると、弱々しく名前を呼んだ。

「雪音さん、大丈夫《だいじょうぶ》ですか？　どこか痛んだりしませんか？」

「う、うん……。それよりここは……保健室？　あれ……？　私、一体何を……」

頭に手を当て、記憶《きおく》の糸を手繰《たぐ》る雪音さん。そして、ハッとした顔をする。

「天真君！　今って何時かな⁉」

「ついさっき十二時になったところです。雪音さんは、一時間くらい寝てました」

「大変！　早くお店に行かなきゃ！」

予想通り、仕事をしようと慌《あわ》てて立ち上がる雪音さん。しかし──

「あっ……」

すぐに力が抜けたようで、ベッドに座り込んでしまう。

「雪音さん……。その体でこれ以上動くのは無理です。過労で倒れたばかりですから」

「うぅ……」

「今まで頑張ってきた疲《つか》れが一気に出たんだと思います。だから、今はゆっくり休んでください。しばらく眠れば良くなりますから」

「で、でも……。私は仕事が……」

「これ以上悪化したら、大ごとになるかもしれませんよ？　そうなったら俺は悲しいです。

お願いですから、休んでてください」

俺は雪音さんの肩《かた》に手を置いて、立ち上がろうとする彼女を抑《おさ》える。

「…………」

俺の言葉が効いたのか、雪音さんは体の力を抜く。しかし――

「……ううん。やっぱり行かないと」

すぐにまた、立ち上がろうとした。

「雪音さん！　だからダメですって！」

「離《はな》して、天真君。早く戻って料理しないと、いっぱいお客さんが来ちゃう」

「無理ですよ！　さっきもいきなり倒れたんですよ!?　そんな体で仕事なんて――」

「でも、皆の期待に応えないとっ!!」

突然の大声に、俺は体をビクッと震《ふる》わせた。

「きた……い……？」

「だって……私は長女だから……。私は、生徒会長だから……！」

雪音さんは昨日、言っていた。『皆の前では立派な長女や会長でいたい』『皆の期待に応えたい』と。

でもそれは、こんな時にまで気にすることじゃないだろう。皆の期待なんて、自分が倒れているときにまで考えることじゃないはずだ！

「大丈夫。これくらい大したことじゃないから。昔から、ずっとやってきたことだもん」

「昔から……？」

頷《うなず》き、ゆっくりと語り始める雪音さん。

「私たちの両親は、すごく忙しい人たちなの。お父さんは会社を経営してるし、お母さんも仕事で世界中を飛び回ってる」

三姉妹の母親のことは知らないが、確かに肇さんは今でも毎日忙しそうに働いている。家に帰ってくるのだって、大体一月に数回ほどだ。

「そんな調子だから、私たちがまだ小さい時は二人とも大変そうだった。毎日必死に働きながら、家に帰ってきて私たちの面倒《めんどう》を見る毎日……。そんなお父さんたちを見ている内に、私は自分も長女として何か力になりたいと思った」

忙しい両親と、妹たちがいたためだろうか。雪音さんは小さい頃《ころ》から、しっかりとした考え方を持っていたようだ。

「それから少しずつ家事を覚えて、お父さんたちが少しでも楽できるように頑張ったんだ。そうすると、二人とも私をすごく褒《ほ》めてくれた。『いつもありがとう。さすがお姉ちゃんね』『雪音。期待してるぞ』って。そう言われるのが嬉《うれ》しくて、私はもっと頑張れた」

「…………」

「しばらくして愛佳が来て身の回りのお世話をしてくれるようになったけど、愛佳だけではどうしても行き届かない部分もあったの。だから、長女として頑張り続けた。家事をしたり、妹たちの面倒を見たり、もちろん勉強や習い事もやった。そうする内に、色んな人から期待されるようになってきたの。学校や習い事の先生や、友達。それに親族の人からも神宮寺家の長女として、期待されるようになった」

そうやって、雪音さんは常に期待を背負って、生活していくことになった……。

「お父さんやお母さん、それに妹たちのために頑張りたい。皆の期待に応えたい。そう思いながら、私は昔から生きてきたの。だから、頑張ることには慣れてるよ？」

「雪音さん……」

この人は、昔から今みたいなことをしていたのか……。ずっとこの生き方をしてきたから、休むべき時に自分を大事にできないんだ。

「それに毎日頑張っている内に、それが気持ちよくなってきたから……。今更《いまさら》ちょっと無理したって、私は全然へっちゃらだよ？」

「っ……!?」

そう言い、雪音さんが笑う。でもそれは、いつもの明るい笑顔《えがお》ではなかった。明らかに疲労《ひろう》の色が浮《う》かんだ、どこか空虚《くうきょ》な笑みだった。

「雪音さん……。あなた、ひょっとして……」

　俺は今の言葉を聞いて、一つ察したことがあった。

　それはずっと気になっていた、雪音さんがドＭになった理由だ。

　雪音さんは昔から、神宮寺家の長女として色々なことを頑張ってきた。きっとその中で多大な苦労を背負い込んできたはずだ。今みたいに疲労で倒《たお》れたり、そうなりかけたりしたことも一度や二度ではないだろう。

　おそらく彼女はその苦労から心や体を守る為《ため》、自然と痛みや苦しみを和らげる術《すべ》を身につけていった。つまり——痛みや苦しみで、快感を抱くようになったのだ。

　雪音さんはドＭになるほど、そして倒れるまで限界に気づかないほど、今まで自分を追い込んできた。この人は俺が思ってた以上に、ずっと自己犠牲《ぎせい》をして生きている。

　本当に……どこまで優《やさ》しい人なんだよ……！

「天真君、分かってくれた？　私は本当に大丈夫だから。お店の方に行かせて？　ね？」

「…………………いやです」

「え……？」

「絶対嫌《いや》です！　死んでも店には行かせません！」

今の話を聞いたら余計、行かせるわけにはいかなくなったわ！

この人は絶対自分で休んだりしない。誰かが止めないと、いずれ本当に壊《こわ》れてしまう。

だから、俺が彼女を止めないといけない！

「俺は絶対に行かせませんよ！　今日という今日は、ちゃんと休んでもらいます！」

「天真君……！　どうして？　どうしてそんなに意地張るの？」

「意地張ってるのはそっちでしょうが！　あなたは毎回俺の言うこと聞かなさ過ぎです！

だから倒れたりするんですよ！」

「アレくらい、全然平気だもん！　それに、ちょっとは休んだし……」

「一時間寝《ね》た程度、休んだ内に入りませんよ！　あなたの今の体的には！」

「大丈夫っ！　私のことは、私が一番分かってるもん！　それにさっきも言ったでしょ？

私、大変でも気持ちよくなれるから……。むしろ、忙殺《ぼうさつ》されたいもん！」

くっ……。ここまで言っても、まだ仕事に戻《もど》る気なのかよ……！

「分かりましたよ……。分かりましたよっ！　そんなに気持ちよくなりたいのなら、俺が
代わりにあなたを調教してあげますっ！」

「えっ……!?　天真君が私のことを!?」

俺がやけくそ気味に放った言葉に、雪音さんが目を大きく開いた。

「どうしたの……⁉　天真君の方から、そんな嬉しいことを言ってくれるなんて……！」

「それくらいしないと、言うこと聞いてくれそうにありませんからね……。働いて興奮したいっていうなら、代わりに俺が性欲《せいよく》を発散させてあげますよ！」

「ほっ、本当に⁉　本当に天真君が、自分から私を……！」

「ええ。雪音さんを仕事に行かせないためにも、あなたを調教させてもらいます」

俺からの提案がよほど意外だったのだろう。雪音さんが目を輝《かがや》かせ、プレゼントを開ける子供のような表情になる。

「す、すごい……！　天真君の初調教！　天真君がやっとご主人様になってくれる！」

確かに、俺が自分から調教するのは初めてだな。

今までも欲情しきった雪音さんを止めるため、プレイに付き合ったことはある。でも、自分からこうして積極的に調教を始めたことはない。

「ご主人様っ！　どんなプレイをしてくれるの？　どんな風に私を虐《いじ》めてくれるの？」

「もう決まってます。まずは早速《さっそく》……あなたに首輪をつけてもらいます」

「首輪っ……！　ご主人様、私を雌犬《めすいぬ》として服従させるつもりなんだね……？　想像しただけで興奮しちゃう！」

「俺がつけるので、少しの間目を瞑《つぶ》ってください。許可するまで絶対開けないように」

「はいっ！　ご主人様の仰《おお》せのままに！」

雪音さんが固く目を瞑る。そして期待に満ちた顔で、俺からのプレイを待ちだした。

「…………」

ホント……この人は、すごくきれいな顔をしている。

こうしてゆっくり見てみると、改めて彼女の美しさに気づく。整った顔つきに、女性らしく綺麗《きれい》で長い髪《かみ》。肌《はだ》は病的なほど白く、頬《ほお》や唇《くちびる》が赤く色づき可愛《かわい》らしい。

こんな人が実はドMだなんて、プレイ中の姿を見なければとても想像できないだろう。

でも俺は今から、この人を調教しなければいけない。この人を仕事に行かせないためにも、ひどいことをして彼女を悦《よろこ》ばせないといけない。

「……………はぁ」

息を一つ吐《は》き、決意を固める。

そして俺は雪音さんが目を覚ますまでに持参していた鞄《かばん》の中から、一つのアイテムを取り出した。彼女を悦ばせるためのアイテム。今手元にある中で、唯一《ゆいいつ》SMに使える道具。

その後、雪音さんのうなじに手を回し、取り出したソレを装着する。

「……………よし。もういいですよ、雪音さん」

「はいっ！」

俺の言葉に元気よく返事し、雪音さんがゆっくり目を開く。

そして――

「……えっ？　アレ……？　天真君……？」

首につけられた物を見て、彼女は唖然《あぜん》とした顔になる。

「天真君……。コレ、首輪じゃないよ……？」

そう……。首輪なんかじゃない。

俺が雪音さんの首につけたのは、首輪ではなくネックレス。ペンダントトップに猫《ねこ》の飾《かざ》りがついたものだ。

「ど、どうして……？　このネックレス、凄《すご》く可愛くて素敵《すてき》だけど……。これじゃ満足できないよ？　首輪をつけてくれるんじゃないの？　激しいプレイをするんじゃないの？」

俺の意図を測り兼《か》ね、困惑《こんわく》した様子の雪音さん。

雪音さんは明らかに、過激なＳＭプレイを望んでいる。首輪をつけられ、俺とお散歩プレイをしたり、雌奴隷《めすどれい》として言葉攻《ぜ》めをされたり、お仕置きされることを望んでいる。

でも……。

「そんな酷《ひど》いこと、本当にできるわけないでしょう……。むしろ俺は、あなたに優しくしたいんですから。ずっと一人で頑張《がんば》ってた、あなたに……」

「天真君……？」

俺の口調に、雪音さんが何かを感じ取る。

そして彼女はもう一度ネックレスへと目をやって、気づいた。

「天真君……。このネックレスって……」

「はい。俺が作りました。昨日、月乃のレジンを借りて」

雪音さんとの生徒会業務が終わった後、俺はクラスの企画《きかく》のために、月乃が余らせた材料を使っていくつかグッズを作成した。その時、これも一緒《いっしょ》に作ったのだ。

「俺にできるプレイなんて、せいぜい首輪の代わりにこのネックレスをつけるくらいです。この、プレゼントのネックレスを」

「プレゼント……？」

「これは……俺から雪音さんへのプレゼントです。そして俺なりの首輪なんです。あなたを服従させるための」

俺が雪音さんに首輪をつけたということは、俺が彼女のご主人様になったということ。そして服従させたということだ。少なくとも、俺はそのつもりでネックレスをつけた。

だから、俺は彼女に命令をする。

「雪音さん……。服従の証であるこの首輪に——このネックレスに誓《ちか》ってください。もう

二度と、無茶な働き方はしないと。倒れるまで仕事に励《はげ》んだりしないと」

「え……？」

「俺はもう、雪音さんに苦労してほしくないんです。これ以上あなたが一人で抱《かか》え込んで、傷つくところを見たくない。いくらドMで辛《つら》さや疲《つか》れも快感になるんだとしても、実際には倒れるほどの負担になっているんですよ？　このままじゃいつか壊れてしまいます」

「そ、それは――」

「俺はあなたを、これでも大切に思っています。だから、壊れてほしくないんです。もっと自分を大切にしてほしいんです」

「天真君……」

俺の言葉に感じるところはあったのだろう。雪音さんが俯《うつむ》き、しばらくの間沈黙《ちんもく》する。

しかし彼女は、まだ俺の願いを吞《の》んではくれない。

「でも私は……もっと頑張らないと……。皆《みんな》の期待に応《こた》えられない私なんて……。皆に何も与《あた》えられない私なんて……。そんなの、ただの変態だから……」

「いや。雪音さんは、ただの変態なんかじゃないです」

「え……？」

雪音さんが顔を俺へと向ける。

「少なくとも雪音さんの本質は、ドMなところなんかじゃないです」

「私の本質……？」

「雪音さんは自分のことを過小評価しすぎなんですよ。あなたは自分が思ってる以上に、ずっと素敵な人間なのに」

ここ最近、俺はいつだって雪音さんの側《そば》にいた。それに加えてさっきの彼女の話を聞いて、明確に分かったことがある。

雪音さんの本質は、ドMな性癖《せいへき》なんかじゃない。周囲の人間のことを思い、彼らのために身を削《けず》る優しさ。それが雪音さん本来の人間性だ。

ドM性癖はそんな彼女の生き方から生まれた、ただの副産物なんだ。

「いいですか？　雪音さん。あなたは誰《だれ》より誠実で、真面目《まじめ》で、忍耐強《にんたいづよ》くて、優しくて、いつも皆のために頑張ってくれる、最高の生徒会長です。そして、最高のお姉ちゃんです」

「……！」

「たとえ変態な一面があっても、あなたの価値は薄《うす》れません。だって関係ないでしょう？　ドMだからって雪音さんの良さが——その優しさが損なわれるわけじゃないですよ」

確かに雪音さんが変態だと知れば、その事実にがっかりする人も数多く出てくるかもしれない。でもそれは、そいつが雪音さんの本当の良さをまるで分かっていないだけだ。

だから、雪音さんがドMな自分に負い目を抱《いだ》く必要はない。

「わ、私は……。そんな立派な人間じゃ……」

「あなたがどれだけ自分を過小評価しても、俺の意見は変わりませんよ？　あなたはいつも皆の理想に応えるために十分すぎるほど働いてます。そしてそんなあなたを皆、心から尊敬してるんです。たとえあなたが突然《とつぜん》仕事を休んでも、誰も文句を言わないくらいに」

「う、嘘《うそ》……。そんなこと……」

「もしそれが実感できないのなら──すぐに教えてあげますよ」

「教えるって……どうやって……？」

雪音さんが疑問を口にした直後。

突然、保健室の扉《とびら》が開いた。そして慌《あわ》てた足取りで、部屋の中へと誰かが踏《ふ》み入る。

「雪音お姉ちゃん！　大丈夫《だいじょうぶ》⁉」

「雪姉、倒《たお》れたってホントなの⁉」

「会長！　ご無事ですか⁉　会長っ‼」

現れたのは月乃に花鈴、そして布施さんの三人だった。

「み、皆……⁉　どうしてここに……？」

突然の来客に、ポカンと口を開ける雪音さん。しかしすぐ、ハッと何かに思い至った。

「あっ！　円ちゃんが抜《ぬ》けたら、お店のキッチンは一体誰が――」

「会長っ！　今はお店のことより自分の心配をしてくださいっ！」

布施さんが珍《めずら》しく雪音さんに怒鳴《どな》り声をあげた。これには雪音さんも驚《おどろ》き、固まる。

「私たち……会長のお見舞《みま》いに来たんです。一条君から、会長が倒れたって聞いて……」

「天真君から……？」

「それと……お店のことは何も心配いりません。これを見れば分かると思います」

そう言い、スマホを取り出して操作する布施さん。彼女は保存してあった動画を開き、雪音さんに向けて再生した。

「……！　これって……！」

映っているのは、さきほど撮《と》ったばかりと思《おぼ》しき『Paradise Time』の店内映像。用意した席はお客さんたちで埋《う》まっていた。さっきまでとは大違《おおちが》いの光景。

でもそれ以上に驚きなのは……何人もの生徒会に属さない生徒たちが、店員を務めてくれていることだ。一体どこから用意したのか、男子は和服や人気アニメのキャラ衣装《いしょう》を、女子はメイド服や魔女《まじょ》っ娘《こ》服などを着て、接客や調理に当たっている。

しかもその中には、葵の姿まで映っていた。あいつは赤ずきんの衣装に身を包み、わたわたと料理を運んでいる。その姿が客に受けたようで、周囲の人たちは男女問わずに『頑張れー！』『可愛いー！』と、温かい声援《せいえん》を送っていた。

「え……え？　これって、どういうこと……!?　どうして別の生徒たちが……？」

不思議がる雪音さんに、布施さんが答える。

「一条君が、この人たちを呼んでくれたんです……。学校中を走り回って……」

「え……？」

実は雪音さんが目を覚ます前。俺は皆に彼女のことを伝えながら、お店を手伝ってもらえるように片《かた》っ端《ぱし》から頼《たの》んで回っていたのである。その結果、突然の話にもかかわらず、数十人もの生徒たちが立候補をしてくれたのだ。

そして彼らは、代表としてお店に残った愛佳さんの指揮のもと、協力して働いている。

「天真君が、こんなにたくさん集めてくれたの……？　す、すごい！　ありがとうっ！」

お店が何とかなっている安心からか、雪音さんが明るい声で感謝の言葉を口にする。

でも――

「雪音さん……。それは違います」

これは、俺の功績なんかじゃない。

「皆が協力してくれたのは、雪音さんがいつも皆のことを助けてくれているからですよ」

呼びかけに応じてくれた生徒たちは全員、この文化祭準備中に雪音さんに助けられた生徒たちだ。雪音さんにアドバイスを頼んだバルーンアートのクラスの子や、俺たちが協力したドラマ撮影《さつえい》のクラスの子などが集まっている。

彼らは皆、雪音さんを助けたい一心で俺の呼びかけに応じてくれた。自分たちの出し物を理由に断る生徒たちもいたが、彼らも雪音さんのことを心の底から心配していた。

「この学校のほぼ全員が、どこかであなたに助けられているんです。学校中の皆があなたを頼《たよ》っていた。そういう過程があったからこそ、皆あなたを尊敬し、喜んで助けてくれたんです。だから、これは雪音さんの功績です。あなたの人徳なんですよ」

「そっ、そんな……！　私は、別に……」

急に褒《ほ》められて動揺《どうよう》したのか、赤くなった顔を逸《そ》らす雪音さん。すると――

「雪音お姉ちゃん！　ごめんなさいっ！」

これまで黙《だま》っていた花鈴が、急に大きな声で謝った。

「花鈴も、今までずっとお姉ちゃんに頼ってばっかりだった……。家事は雪音お姉ちゃんに任せきりだったし、雑用までお願いしちゃってた……。雪音お姉ちゃんが忙《いそが》しいの、花鈴も知ってたはずなのに……」

「それを言うなら、アタシもよ……。自分のことしか考えてなくて、雪姉の負担を考えてなかった。やってもらうのが当たり前になってた……。雪姉、本当に今までゴメン……」

二人が揃《そろ》って頭を下げる。

「花鈴ちゃん……月乃ちゃん……」

さらに続いて、布施さんも頭を深く下げた。

「会長っ！　私もすみませんでしたっ！」

「え……？」

「私、生徒会の仕事をしているときに、『雪音さんがいれば、私がダメでもなんとかなる』って、いつの間にか思っちゃっていて……！　すごく自分勝手なことを考えていました！　そんな考え方がきっと、雪音さんの負担を増やしていったんだと思います！」

よほど罪悪感を抱いているのか、涙《なみだ》ながらに言う布施さん。

「尊敬しているからこそ、会長を支えるべきなのに……！　本当にすみませんでした！」

「ま、円ちゃんまで……。謝るようなことじゃないのに……」

頭を下げる三人を、雪音さんがおろおろと眺《なが》める。

「ね……？　雪音さん。皆あなたのことをこんなに強く思ってるんですよ？」

「天真くん……」

「この学校にいる全員が、あなたを尊敬してるんです。そして、あなたの力になりたいと本気で思っているんです。さすがに実感しましたよね？」

「…………うん」

雪音さんが静かに頷《うなず》いた。

「だからもう、無茶して働かなくていいんです。あなたは与えるだけじゃなくていい。心配しなくても、あなたは本当に素晴《すば》らしい、『皆が憧《あこが》れるお姉さん』ですから」

雪音さんは今まで、誰に命令されるでもなく、自分の意思で他人のために頑張《がんば》ってきた。

彼女が誰よりもしっかりした人であることは、自信をもって保証できる。

「俺たちはむしろ、あなたに頼ってもらいたいんです。一度くらい、その気持ちを汲《く》んでくれませんか？」

「うん……。うん……っ」

雪音さんが、さらに頷く。

その後で彼女は、まだ頭を下げ続けている三人の方をもう一度見た。

そして、感動で滲《にじ》んだ声で言う。

「皆……本当にありがとう……。お店のこと、今日はお願いできるかな……？」

その言葉に、皆が顔を上げた。

「もちろんっ！　今度は花鈴たちがお姉ちゃんのために頑張る番だよ！」

「アタシたちも、やればできるんだから！」

「料理は私に任せてくださいっ！　一生懸命《いっしょうけんめい》、会長の味に近づけます！」

雪音さんに初めて頼ってもらえたからか。三人の顔にはいずれも笑《え》みが宿っていた。

「それじゃあ早速《さっそく》お店に行こう！　花鈴の接客で、お客さんたちを骨抜きにするよ！」

「あ、待ちなさい！　アタシも行くから！」

花鈴と月乃が雪音さんの力になろうと、張り切って保健室から出ていく。

よかった……。これでようやく、雪音さんに休んでもらえそうだ。

「一条君……。ありがとう」

ふと、布施さんが俺に信じられない言葉をかけた。

「え……お礼？　俺に……？」

「うん。あなたのおかげで会長もお店も助かったから。ちゃんとお礼が言いたくて」

「いや、店の件は会長の力だ。さっきも言ったが、俺は皆に頼んで回っただけだぞ？」

「でも一条君、思ったよりも会長のこと考えてくれてるみたいだから……。あなたのコト、ほんの少しだけ見直したかも……。それじゃあ、先に行ってるね！」

そう言い、少しだけ照れた様子で店へと向かっていく布施さん。

どうやら『有害な変態』という俺への評価を、改めてくれたようである。

そしてまた、保健室には俺と雪音さんの二人きりになった。

「天真君……。私からも、ありがとう。ここまで色々してくれて……」

雪音さんが穏《おだ》やかな目で、俺に話しかけてくる。

「あと、迷惑《めいわく》かけてごめんなさい。皆《みんな》にお願いして回るの、すごく大変だったよね？」

「謝らないでくださいよ。言ったでしょ？　俺だって雪音さんの役に立ちたいんです。それに、病人は甘えるものでしょう？」

「あぅ……」

以前俺が風邪《かぜ》を引いたときに言われた言葉をそのまま返す。雪音さんはいつも誰《だれ》かに優《やさ》しくしてばかりで、逆にこうやって甘えることは今までほとんどなかったはずだ。

そしてそんな状況《じょうきょう》だったからこそ、雪音さんはドM性癖《せいへき》に目覚めてしまった。

それを知った以上、俺は性癖解消を成すために、雪音さんを甘やかしていきたい。雪音さんの心のよりどころとなって、彼女の苦労を減らしていきたい。

いつもこの人が、俺たちにしてくれているように。

「それじゃ、俺もそろそろ行きますよ。お店に戻《もど》らなきゃいけませんから」

もう人手は足りてるはずだが、葵だって働いてるんだ。俺だけサボることはできない。

「ねぇ、天真君……。最後に、一つ聞いてもいいかな？」

保健室を出ようとした矢先、雪音さんに呼び止められた。

「はい？　何でしょうか……？」

「天真君は、どうしてこれを私にくれたの？」

雪音さんが、俺の渡《わた》したネックレスを掲《かか》げながら聞いた。

「さっきはプレゼントだって言ってたけど……。私、別に誕生日とかじゃないよ？」

「あー……。それは……」

まさか、これを聞かれるとは……。でも、ちゃんと言葉にしておくべきだよな。

「なんていうか、まぁ……。お礼ですよ。ここ最近たくさんお世話になったから……」

俺は恥《は》ずかしさを隠《かく》すため、雪音さんから顔を逸らしながら語った。

「俺、今まで文化祭ってつまらないものだと思ってたんです。そんな風に遊んでいる暇《ひま》があるなら、勉強した方がよっぽど有意義な時間になるって。だから今まで一回も、真面目《まじめ》に文化祭の準備とかに取り組んだことはありませんでした」

実際今回も、生徒会に入った当初は全くやる気を出していなかった。ただ当初の目的である、雪音さんの監視《かんし》にばかり尽力《じんりょく》していた。

「でも、雪音さんと一緒《いっしょ》に文化祭に取り組んでみて、間違いだって気づきました。ドラマの撮影を手伝ったときの達成感や、生徒会の仲間たちとお店を作り上げていく楽しさ……。勉強してるだけじゃ得られないものを、たくさん教えてもらったんです」

雪音さんに付き合って文化祭の準備をしている内に、俺の考えは変わっていった。勉強とはまた別の意義を、この行事に見出《みいだ》せるようになった。

「文化祭をこんなに楽しめたのは、雪音さんが側にいてくれたからです。だからこれは、そのお礼です。本当にありがとうございました」

この気持ちができるだけ伝わるように、俺は深く頭を下げる。

「て、天真君……」

「あ、それと。もう一つ」

これだけは、絶対に伝えておかないといけない。

「文化祭は今日で終わりですけど……これからも俺は、ずっと雪音さんの側《そば》にいます。大変な時は必ず雪音さんを支えます。だからあなたも、いつでも甘えてくださいね？」

「……………………っ」

雪音さんが、驚《おどろ》いたように目を見開く。

そして俺の渡したネックレスを、ギュッと両手で握《にぎ》りしめた。

「……？　どうしたんですか？　雪音さん」

「い、いや……！　えっと……。なんでも、ないよ……」

なんだか声を震《ふる》わせる雪音さん。そして彼女は、取り繕《つくろ》うような唐突《とうとつ》さで言う。

「そ、そうだ……！　ゴメンね、天真君。私、ちょっと眠《ねむ》くなっちゃって……」

「あ、そうですか……。じゃあ俺は店に戻りますので、ゆっくり休んでくださいね？」

「う、うん……！　ネックレス、絶対に大事にするねっ」

そう言って、逃《に》げるように頭から布団《ふとん》をかぶる雪音さん。

なんだろう……。雪音さんの様子がちょっと気になる。

まあでも、別に辛《つら》そうなわけではない。さすがにもう仕事は休んでくれるだろうし、これ以上いても邪魔《じゃま》になってしまうだけだろう。

俺は今度こそ店に向かおうと、保健室から出ようとする。

「……天真君……」

だが直前。また雪音さんが俺の名を呼ぶ。その声に俺が振《ふ》り返ると——

「……本当に……ありがとう」

布団の中から顔を出し、今まで見た中で一番の笑顔でそう言った。

※

「それではこれより、第三十五回青林祭の表彰式《ひょうしょうしき》を開始します」

全生徒が集まった体育館に、教師の言葉が反響《はんきょう》する。

文化祭も、いよいよ閉会式。そして今は、表彰式が行われるところであった。

これは展示・販売《はんばい》・バンド・発表など、それぞれの分野で最も優《すぐ》れた出し物をしたと認められたグループが、皆の前で称《たた》えられるものだ。

「ではまず、展示分野での表彰から。企画《きかく》名『SAB（special art ballon）』──で、一年一組のバルーンアート」

「ワアアアアアアア────！」

壇上《だんじょう》に立った男性教師が、賞を取ったクラスを読み上げる。そしてクラスの代表者一名が、嬉《うれ》しそうに登壇《とうだん》していく。

その後も同じように、発表分野では三年のクラスが、バンド分野では個人のグループが選ばれて、代表者たちが壇上へ向かう。

そして、販売の分野で呼ばれたのは──

「企画名『Paradise Time』で──生徒会のコスプレ喫茶《きっさ》」

「うおっ、マジか⁉」

まさか、自分たちの企画が選ばれるとは。想像もしていなかった。

でも、いざ呼ばれてみるといい気分だな。こういうのも去年の文化祭までは他人事《ひとごと》でしかなかったけど、自分たちで作り上げたものがこうして評価されるのは嬉しい。

そして、登壇するのはもちろんこの人――

「雪音会長――！　おめでとう――！」

「コスプレ喫茶最高でした――！」

「また犬コス姿みせてくださ――い！」

雪音さんに決まっている。

彼女の歩く姿が見えた途端《とたん》、ただでさえテンション高めの生徒たちが弾《はじ》けた。

ちなみに雪音さんとは式の前、コスプレ喫茶を閉店して片づけをしているときに会ったが、体調はすっかり良くなったようだ。皆に休んだことを謝り、俺にも笑顔でお礼を言ってくれた。さっき贈ったネックレスを、こっそり首につけながら。

雪音さんは慣れた様子で壇上に立ち、他の受賞者たちの横に並ぶ。

その後、一人ずつ表彰が始まった。

最初に呼ばれた生徒から順に、男子教師から意外に大きな表彰状を受け取っていく。その度《たび》に全校生徒から、惜《お》しみない拍手《はくしゅ》が送られた。

そして表彰を受け取った後、再び壇上で横並びになる生徒たち。

「それでは表彰を受けた生徒たちから、一言ずつコメントを頂きましょう」

その言葉と共に、生徒たちにマイクが渡される。簡単に挨拶《あいさつ》をさせられるみたいだ。

ここでも登壇した順に、生徒たちが一歩前に出て話す。

「えーっと……。俺たちのバルーンアートを見てくれた人、マジでありがとうございます！　準備メッチャ大変だったんで、受賞出来て本当に嬉しいです！」

短い言葉で喜びの気持ちを述べる代表者。こういう場のためか、口調も少し砕《くだ》けている。

そしてあっという間にほとんどの生徒が話し終え、最後に雪音さんの番がきた。

彼女はいつも全校集会でそうするように、生徒たちに向かって一礼する。

「皆さん。今日はたくさん楽しめましたか？」

『イエエエエエエエ――――！』

雪音さんの問いかけに応《こた》え、生徒たちが熱狂《ねっきょう》する。まるでアイドルのライブのように。

「あはは。こうして壇上にいると、皆の活《い》き活《い》きとした顔が良く見えます」

雪音さんが全校生徒をぐるりと見渡《みわた》し、優しい笑顔を俺たちに向ける。

「今日に至るまで、約二週間。私は大切な仲間たちと力を合わせて、一生懸命《いっしょうけんめい》『コスプレ喫茶』の準備を進めてまいりました。その結果こうして賞をいただくことができ、この上なく嬉しい思いです。まずは生徒会の仲間たちに、心からの感謝を示させてください」

雪音さんが、俺たち生徒会メンバーたちに視線をやった。

「そして何より感謝の言葉を贈《おく》りたいのは、私たちのお店を手伝ってくれた生徒会以外の皆様です。本日私は急な体調不良により、途中《とちゅう》でお店に参加することができなくなってしまいました。そんな時、大勢の皆様が私たちのお店を手伝いに来てくれたのです。そのおかげで、無事に最後までお店を出し続けることができました。本当にありがとうございました。私がこの場に立てているのは、全《すべ》て皆様のおかげです！」

そう言い、また雪音さんが礼をする。

「また、これで文化祭は終わりとなります。皆さんが今日まで協力して、一生懸命取り組んできたおかげで、学園全体にとって素敵《すてき》な一日を迎《むか》えることができました。本当の本当に、ありがとうっ！」

最後にもう一度、雪音さんが深く礼をした。

それに合わせて全員が盛大な拍手で彼女を称える。当然俺も、痛くなる程手を叩《たた》く。

「皆さん、ありがとうございました。それではこのまま大きな拍手で、彼らを迎えてあげてください」

先生の言葉を受けて、代表者たちが一人ずつ壇上から降りていく。その際も拍手は止むことなく、むしろ勢いが増していく。

大人気な会長の挨拶で、全校生徒のボルテージはすっかりマックスになったようだな。

と、俺がぼんやり考えた時。

「天真く――――――んっ！」

俺の名前を呼ぶ声が、拍手の音を引き裂《さ》いた。

「え……？」

見ると、退場を始めたはずの雪音さんが、再びマイクを携《たずさ》えてセンターへと駆《か》けてきた。

全員が拍手をやめて彼女を見る。その一方で雪音さんは、舞台《ぶたい》上から俺を見ていた。

な、なんだ……？　いきなりどうした……？　なんでいきなり俺を呼ぶ……？

そう思ったのは俺だけじゃない。周りの視線が俺に集まり、困惑《こんわく》の表情を向けてきた。

いやいや、俺を見るなって。俺だって何も知らないから。何にも聞いていないから。

俺は何事なのか探《さぐ》るように、壇上の雪音さんに視線を戻《もど》す。

そして、俺と彼女の目があった瞬間《しゅんかん》。

雪音さんは深く息を吸い、マイクに向かってこう叫《さけ》んだ。

「今日はありがと――――――！　だ――――――いすきっ！」

…………………………………WHAT？

彼女は今……一体何を言ったのだ？

あれ、おかしい。全然分からない。え……？　大好き？　それって何語？『ダイスケ』

とかの間違《まちが》いじゃないの？

ダメだ。思考が追い付かない。その上なぜか体も動かず、声を出すことすらできない。

それは皆《みんな》も同じなようで、さっきまでの喧騒《けんそう》が嘘《うそ》のように体育館中が静まり返る。雪音さんの放った言葉には、それほど制圧的な威力《いりょく》があった。

そんな中──雪音さんがまた口を開く。

「なーんちゃって♪」

舌を少し出してウインクをし、いわゆる『テヘペロ』の顔をする雪音さん。

ん…………ん？　なーんちゃって……？

「え……？　い、今の……冗談《じょうだん》、なのか……？」

俺の呟《つぶや》きに、ようやく生徒たちがざわつき始めた。

「な……な～んだ！　冗談かよ～！」

「びっくりしたぁ……。雪音先輩《せんぱい》もあんな冗談言うんだね……」

「あ～死ぬかと思ったぁ～！　雪音さんに好きな人がいるとか、俺絶対認められねえわ」

「っていうか、そもそも天真って誰《だれ》？」

安堵《あんど》のあまり、生徒全員が思い思いのことを口にする。

そして、俺が改めて雪音さんを見ると──

「びっくりした？」と言わんばかりの、悪戯《いたずら》な笑《え》みを向けてきていた。

彼女はそのまま、余裕《よゆう》に満ちた動作で舞台上から降りていく。

か……か……からかわれた――――！　最後に全力でからかわれた――――！

おいおい……。冗談キツ過ぎるぞ、これ……。本気で心臓止まるかと思った……。正直、めっちゃドキドキしたし！　マジで告白かと思ったわ！

「ってか、雪音さん……一体何がしたかったんだよ……」

なぜ彼女がわざわざこんな冗談を言ったのか。その理由は、いくら考えても分からなかった。

※

「あぁぁぁぁ～～～～～っ！　言っちゃった～～～～～～～～！」

閉会式が終わった後。私は体育館の隅《すみ》に逃《に》げ込み、恥ずかしさのあまり叫んでいた。

後悔《こうかい》しているのは当然、さっきの告白の件について。

「ううううう～～……。とんでもないことしちゃったよ～～………」

あの時はコスプレ喫茶が優秀《ゆうしゅう》賞に選ばれて、すごくテンションが上がっていた。その上、壇上から天真君の姿が見えて……。気づいた時には叫んでいた。

本当にやだ〜！　恥ずかしい〜！　今すぐ布団《ふとん》の中でゴロゴロ転がりまわりたい〜！

「あ〜〜〜〜！　なんであんなこと言っちゃったんだろ⁉　なんであんなこと言っちゃったんだろ〜〜〜〜⁉」

真っ赤になった顔を両手で抑《おさ》えながら喚《わめ》く。

でも本当は、なんで言ったかは分かりきっている。

それは私が――彼を本当に好きになってしまったからだ。

『これからも俺は、ずっと雪音さんの側《そば》にいます。大変な時は必ず雪音さんを支えます。だからあなたも、いつでも甘えてくださいね？』

さっき保健室で言われた言葉が、いまだに耳に残っている。

初めてだった。そんな言葉をかけられたのは。

普段《ふだん》私はどこに行っても、人に優《やさ》しくする側だった。誰かを甘やかす側だった。だから甘えるように諭《さと》されたのは、物心ついてから初めてのことだ。

きっと私は、ああいうことを言われるのをどこかで望んでいたんだと思う。誰かに甘やかされることを胸の奥で望んでいたんだと思う。

天真君からもらった言葉で、初めてその気持ちに気が付いた。

そしてそれを自覚した途端、天真君のことがたまらなく愛《いと》しく思えてしまった。

自分でも気づいていなかった、私の良さを見つけてくれた。

自分でも気づいていなかった、私の本当に欲しいものをくれた。

そんな天真君のことが、何より愛しく思えてしまった。

「天真君……。天真君……」

意味もなく、彼の名前が口から洩《も》れる。

私はさらに、天真君のくれたネックレスを胸元《むなもと》から拾い上げて眺《なが》める。私の好きな、猫《ねこ》のネックレス。天真君の私に対する優しさの象徴《しようちよう》。見れば見るほど彼が好きになる。

「でも……。この気持ちは絶対、秘密にしなきゃ……」

天真君が、私のことを好きじゃないのは分かってる。嫌《きら》われてはいないと思うけど……少なくとも、ラブの意味で好いてくれているわけじゃない。

だから私は、さっきも結局誤魔化《ごまか》しちゃった。本当の気持ちを知られるのが怖《こわ》くて。

それに、月乃ちゃんと花鈴ちゃんにも、この気持ちを知られるわけにはいかない。

だって二人も、私と同じで天真君とは仮の夫婦だから。もし私が天真君を好きだなんてバレたら、あの子たちが天真君との花嫁《はなよめ》修業に集中できなくなっちゃうもん……。

「そういえば……。月乃ちゃんと花鈴ちゃんは、天真君のコトどう思ってるのかな……？」

もしかして、二人も私と同じようなことを思っちゃったりしてるのかも。

だとしたら私は、余計にこの気持ちを表に出すわけにはいかない。

たとえ本心では本当の夫婦になりたいほど好きでも。

「ゴメンね、天真君。でもお姉さんは、そんなにチョロい女じゃないのだ！」

自分に言い聞かせるような気持ちで、私は決意を口にする。

それでも彼への恋心《こいごころ》は、全く弱まることはなかった。

※

「い、今の……。冗談なの……？」

舞台から降りる雪姉の姿を目で追いながら、アタシは体の震《ふる》えを抑えていた。

雪姉がいきなり壇上《だんじょう》で天真に告白したときは、心臓が止まっちゃうかと思った……。

しかもアレ、最後は冗談めかしてたけど……。本当に天真をからかっただけ？

「って、なんで心配してんのよ……。アタシ……」

別に……雪姉が天真を好きでもいいじゃん。アタシには全然関係ないし。

だってアタシは、天真のことなんかどうだって——

「……っ」

なんだか、心がチクッと痛む。

天真のことを嫌いだと思おうとした瞬間、何かがアタシの心を刺《さ》した。それと同時に、さっきのことが自然と頭に浮《う》かんでくる。

さっきのミスターコンテストの時、アタシは初恋《はつこい》の子と天真を重ねて、思わず抱《だ》きしめてしまっていた。天真を『運命の相手』だと思ってしまった。

そして、天真と本当の夫婦になりたいと思ってしまった。

「ああもう……！　バカ！　アタシのバカ！　ホント、なんであんなこと……！」

天真のことが好きなのは、花鈴だ。アタシはそれを知っていて、応援《おうえん》するとあの子に誓《ちか》った。それなのに天真を意識するなんて、姉として許されないことだ。

きっとこれは、以前からあった気の迷いなんだ。

天真が思い出の中のあの子と同じセリフを言ったせいで、ちょっと驚《おどろ》いちゃっただけ。花鈴の告白を聞いた時と同じで、気が動転して変な行動をしちゃっただけ。だからアタシは、やっぱり天真なんて好きじゃない！

でも、もし……。

もしも天真が本当に、アタシの運命の相手だったら？　アタシの初恋の人だったら？

それでもまだ、天真を避《さ》けていられるのかな……？

「はぁ……。どうしたらいいんだろ……？」

しかも、ひょっとしたら雪姉だって天真を好きなのかもしれない。だとしたら、アタシはますます天真を意識しちゃいけなくなる。

そもそもその場合、アタシは花鈴と雪姉のどっちを応援すればいいの……？

「もうダメ……。全然分かんない……！」

花鈴を応援したい姉としての気持ちと、雪姉の本心に対する疑問。そして、なぜか否定しきれない天真への想い。

三つの感情がアタシの中で渦巻《うずま》いていた。

※

「冗談……なんかじゃないよね……。あれ……」

舞台《ぶたい》から降りる雪音お姉ちゃんを目で追いながら、私はボソッと呟いた。

今さっきの雪音お姉ちゃんの告白……。どう見ても冗談とは思えなかった。心のこもった、本気の告白。『好き』という気持ちが心から溢《あふ》れ、自然と口から出た告白。そんな風にしか見えなかった。

月乃お姉ちゃんだけでなく、雪音お姉ちゃんも先輩のことが好きなんだ……。

考えてみれば、そんなのあり得ないことじゃない。お姉ちゃんたちだって先輩と一緒《いっしょ》に暮らしてる以上、そうなる可能性は十分あった。ただでさえ先輩は優しくて、私たちのことを本気で考えてくれる人だ。むしろ恋《こい》に落ちない方がおかしい。

「でも……まさか二人ともそうなるなんて……」

お姉ちゃんたちは二人とも、私なんかよりよっぽど魅力《みりょく》的な女子だ。雪音お姉ちゃんは何でもできる上に性格もすごく優しいし、月乃お姉ちゃんもオシャレな陽キャで、すごくモテるのを知っている。

それに私は、いつもお姉ちゃんたちに負けてきた。

もし二人と天真先輩を取り合うようなことになったら、私に勝ち目なんかない……。天真先輩は絶対に、お姉ちゃんたちを好きになっちゃう。

「――ううん……。そんなこと、決めつけちゃだめだ……」

最初からそう決めつけてたら、本当に先輩を取られちゃう。それは絶対耐《た》えられない。

お姉ちゃんたちは大好きだけど、先輩だけは譲《ゆず》れないもん。譲るわけにはいかないもん。

私だって、本気で先輩が大好きなんだ。先輩といつか、本当の夫婦になりたいんだ。その気持ちだけは、二人より強い自信がある！

だから――

「花鈴……絶対負けないから……！」

私は、戦う勇気を振《ふ》り絞《しぼ》った。

エピローグ

「はあぁ〜〜〜〜……。マジで眠《ねむ》れねえええ〜〜〜〜〜……」

夜。俺は自室のベッドに横たわり、呻《うめ》き声をあげていた。

今日は色々あって本当に疲《つか》れた。喫茶店《きっさてん》で死ぬほど接客をしたり、花鈴《かりん》とのデートに付き合ったり、突然《とつぜん》ミスターコンに出たり、雪音《ゆきね》さんを説得したり……。

全体的には楽しかったけど、後で来る疲労《ひろう》が半端《はんぱ》ない。文化祭とは本気で取り組めばこうも疲れるものなのかと、甚《はなは》だ感心してしまう。体も心ももうバテバテだ。

なのに……全く眠れない。

もうギンギンに目が冴《さ》えている。ベッドに入って電気を消しても、羊を数え続けても、一向に睡魔《すいま》が訪れなかった。死ぬほど疲れてるはずなのに、少しも眠ることができない。

そして、そうなった原因は……。

『今日はありがと——！　だ——————いすきっ！』

雪音さんの、あの告白だった。

表彰式《ひょうしょうしき》での雪音さんの笑顔《えがお》が、甘美な響《ひび》きを含《ふく》んだ声が、頭に張り付いて離《はな》れない。どうしても思い出してしまう。そして意識し続けてしまう。彼女の俺への告白を。

いや、冗談《じょうだん》ってことは分かっているんだ。実際、帰宅後に雪音さんと話したときは、全然普通《ふつう》の様子だったし。「天真《てんま》君、さっきはゴメンね～？　お詫《わ》びにおっぱい揉《も》んでもいいよ～」とか、当たり前のように言われたし。もし本当に俺が好きなら、そんなこと恥《は》ずかしくて言えないはずだ。いや、好きじゃない相手に言うのも変だが。

とにかく、あの告白が本気じゃないのは分かってる。文化祭でテンションが上がったせいで、つい過激な冗談を口にしたのだろう。

でも……やっぱり気になってしまう。

恋愛《れんあい》ごとなんて全く興味ないはずなのに、あんな風に『大好き！』とか言われたらメチャクチャにドキドキしてしまう。俺も一応、健全な男子高生ということか……。

「はぁ……。とりあえず、ちょっと気晴らしするか……」

このままベッドに潜《もぐ》っていても、朝まで悶々《もんもん》と悩《なや》み続けるだけな気がする。なんでもいいから別のことをして、頭の中を切り替《か》えよう。

俺はベッドから体を起こして、自分の部屋から一階へ移動。

とりあえず、まずは水でも飲むか。なんか喉《のど》が渇《かわ》いてきたし。

冷蔵庫からペットボトルを取り出して、自分のコップに水をついで飲む。

「……ん？」

ふと、その時。視界の端《はし》で何かがチカッと瞬《また》いた。

見ると、それは折りたたまれたノートパソコン。三姉妹たちが共同で使用している物である。どうやらスリープのまま放置され、明かりが点滅《てんめつ》しているらしい。

「誰《だれ》か消し忘れたのか……。しょうがないな」

俺は電源を切るために、パソコンを開いて立ち上げた。すぐに画面が明るく光り、スリープ前の状態に戻《もど》る。表示されていたのは、某検索《ぼうけんさく》エンジンのホーム画面だ。

「……暇《ひま》だし、ちょっと巡回《じゅんかい》するか」

すぐ消そうとしたが、気が変わった。俺は適当にニュースサイトでも見ておこうと、マウス片手にパソコンへ向き合う。

その時、ふとした拍子《ひょうし》で操作を誤り、予期せぬページを開いてしまった。

「ん……？　なんだ……？」

それは、このアカウントの検索履歴《りれき》を管理するためのページだった。

「へぇ……。履歴ってここで見れるのか」

そこまでネットに詳《くわ》しくないため、こういうページは新鮮《しんせん》だった。

ふと、その中にある履歴の一つが俺の視界に入ってくる。

『SMプレイ　一番気持ちよくなる方法』

……うわぁ。これ、確実にあの人じゃん。ドM姫《ひめ》の検索結果じゃん。

その他にも、『女の子　発情　治し方』や『露出《ろしゅつ》　興奮　おすすめスポット』など、誰が調べたか特定容易なパワーワードが並んでいる。

しかも『男子をSに目覚めさせる方法』って……あの人、なんてもん調べてんだよ！

やっぱ雪音さんがドMなの、働き過ぎだけが原因じゃねーわ！　だってこれ、家事も仕事も関係ないし。純粋《じゅんすい》にプレイを楽しもうとしてるし。間違《まちが》いなく生粋《きっすい》のドMだろ！

ってか、アイツら……。自分以外にも変態がいると気づいていないということは、誰もこの履歴を知らないんだな……。こういうのをチェックしないやつらでよかった。

一応、後でそれぞれにメモを渡《わた》して注意しておくか。『パソコンは履歴が残るぞ』と。

……いや。ちょっと待て。考えろ、俺。

このパソコンは三姉妹たちが使っている物。その検索履歴を見るということは、三姉妹たちのプライバシーを覗《のぞ》くことに等しいのでは……？

「いや、ダメだ！　それだけはダメだ！」

彼女たちと同居する者として、それは絶対に許されない行為《こうい》だ。彼女たちの秘密を故意に盗《ぬす》み見るわけにはいかない。最も罪深い行為だと言える。

今ならまだ間に合うはずだ。すぐにブラウザを閉じてしまおう。いや、その前に念のため、履歴を全《すべ》て削除《さくじょ》しないと。そう思い、マウスを滑《すべ》らせる。

その時、俺の体が固まった。

「え……？」

『削除』をクリックする直前、俺の目にたまたま映った履歴。ページのトップに表示された、今日のものと思《おぼ》しき最新の履歴。

な、なんだコレ……？　どういうことだ……？　こんなの、誰が調べたんだよ……？

ゾワッ、と俺の肌《はだ》が粟立《あわだ》つ。いけないと分かっていながらも、画面から目が離せない。

そこには、『本当の夫婦になる方法』という文字列が保存されていた。

あとがき

ここまでお読み頂き、ありがとうございます。作者の浅岡旭《あさおかあきら》と申します。

早速《さっそく》ですが、私は最近とてもひどい目に遭《あ》いました。

先日、友達と二人でスーパーへ行った時のことです。そのお店の出入り口には防犯用のゲートが設置されているのですが、我々が入店した瞬間《しゅんかん》にそのアラームが鳴りました。友達は手ぶらなので、原因は確実に私の持っていた鞄《かばん》です。そしてすぐ、近くの店員さんが「中を確認してもいいですか？」と、私の元に駆《か》け寄《よ》ってきました。

買い物すらまだしていないのに、なんなら入店したばかりなのに、犯人扱《あつか》いされちゃたまりません。まあ、荷物を見せれば無罪なのはすぐに分かることです。

しかし私は、断固として荷物の開示を拒否《きょひ》しました。

だって……鞄の中に入ってるの、電マだったんですよねぇ……。

いや、違《ちが》うんです。そういう趣味《しゅみ》じゃないんです。資料用に買ったのを鞄に入れたまま忘れてたのです。そして電マの箱についたタグが、ゲートに感知されたのでしょう。

公衆の面前で電マを出すなんて、私にはとてもできません。店員さん、女性ですし。

だから私も、最初はやんわりと拒《こば》みました。しかし、この状況《じょうきょう》で鞄を見せずに済ますこともできず……。結局私は鞄を開けて、衆人環視《しゅうじんかんし》の中で電マを晒《さら》すことになりました。途端《とたん》、「あ……」と決まずい顔をする店員さん。顔面蒼白《そうはく》な自分。ドン引きする周囲の人々。ゲラゲラ腹抱《かか》えて笑う友達。地獄《じごく》とはきっと、ああいう場所なのだと思いました。疑いは晴れましたが、何か大事なものを無くしてしまった気がします。泣いた。

それでは謝辞です。毎度ご迷惑《めいわく》をおかけしている担当様と、今回も素敵《すてき》なイラストを描《か》いて頂きましたアルデヒド様、そして刊行に関わって下さった方々と、何より読者の皆様《みなさま》に、感謝の気持ちを捧《ささ》げたいと思います。本当にありがとうございました。

また、『月刊コミックアライブ』様にて、鹿《しか》もみじ先生による今作のコミカライズ作品が連載《れんさい》されておりますので、そちらも何卒《なにとぞ》よろしくお願い致《いた》します。

二〇一九年十一月某日《ぼうじつ》　浅岡旭

富士見ファンタジア文庫

ちょっぴりえっちな三姉妹《さんしまい》でも、
お嫁《よめ》さんにしてくれますか？ 3

令和2年1月20日　初版発行

著者――浅岡《あさおか》　旭《あきら》

発行者――三坂泰二

発　行――株式会社KADOKAWA
〒102-8177
東京都千代田区富士見2-13-3
0570-002-301（ナビダイヤル）

印刷所――暁印刷

製本所――BBC

※定価はカバーに表示してあります。
●お問い合わせ
https://www.kadokawa.co.jp/（「お問い合わせ」へお進みください）
※内容によっては、お答えできない場合があります。
※サポートは日本国内のみとさせていただきます。
※Japanese text only

ISBN978-4-04-073478-1 C0193

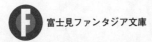